Elisabeth Mollema

4@ltijd verliefd

Met tekeningen van Monique Beijer

lannoo

Voor Nicole

www.lannoo.com/kindenjeugd

Omslagontwerp Studio Jan de Boer
Zetwerk Scriptura
Illustraties Monique Beijer

ISBN 978 90 8568 023 9
NUR 283

Lieve Philippine,

Ik ben blij dat jij mijn dagboek bent, al zei ik eerst dat ik het maar stom vond om net te doen alsof je aan iemand schrijft, die eigenlijk niet bestaat. Ik bladerde terug en zag dat ik al onwijs veel had opgeschreven. En allemaal dingen die ik tegen niemand wilde zeggen. Ik moest het toch aan iemand kwijt, anders had ik misschien nachtenlang liggen piekeren over van alles en nog wat en uiteindelijk met een duffe kop op school gezeten.

Ik las over de problemen die ik had: zoals over mijn haar (eigenlijk een stom probleem), over mijn kleren (ook stom), over dat ik me verveelde (dat is niet zo stom, want ik verveel me nog steeds minstens de helft van de dag, vooral op school), over dat ik niet wist wat voor type ik was (dat ik geen identiteit had) en over vriendjes.

Daar wil ik het nu weer over hebben, want ik heb een onwijs groot probleem dat volgens mij niemand anders heeft en waarover ik dus ook met niemand durf te praten: ik ben namelijk verliefd op twee jongens tegelijk. Ik wist niet dat zoiets kon, want verliefd zijn betekent toch dat je de hele tijd aan iemand anders moet denken en daar dan blij van wordt? Maar ik denk steeds aan twéé anderen en ik word er niet blij van, maar doodzenuwachtig. Dat is niet normaal, geloof ik. En weet je, soms vergis ik me: dan lig ik bijvoorbeeld op mijn bed te zwijmelen en denk ik aan Mees, maar in gedachten zie ik opeens Richter voor me. Ik word er horendol en stapelgek van.

'Je moet gewoon kiezen,' zei mijn vriendin Gwen.

'Dat is juist het probleem,' zei ik. 'Ik kan niet kiezen.'

'Er is niks aan. Je maakt een lijstje met de voor- en nadelen van Richter en van Mees. Je telt de voordelen op en trekt de nadelen ervan af. Degene die wint, neem je. Makkelijk toch?'

Ja, zo klonk het wel, maar zo makkelijk was het niet, want ik heb de voors en tegens opgeteld en afgetrokken en dit was het resultaat:

Richter

Voordelen

- Ken ik al heel lang.
- Ik heb verkering met hem.
- Het is een knipperlichtrelatie (aan-uit-aan-uit), maar dat is ook wel spannend.
- Hij is de leukste jongen van de school.
- Hij heeft haar dat in de zomer blond is en in de winter bruin. Dat is leuk.
- Hij heeft blauwe ogen.
- Hij is grappig.
- Hij is stoer.
- Hij woont vlakbij.

Dat zijn negen voordelen.

Nadelen

- Hij doet veel te aardig tegen andere meisjes.
- Vooral tegen Angelina, de discodiva van onze school waar alle jongens verliefd op zijn. Dat vind ik stom.
- Hij is altijd te laat.

- Hij is vergeetachtig.
- Soms heeft hij stomme kleren aan.
- En soms heeft hij ook een stom kapsel. Zoals laatst toen hij opeens zijn kop had kaalgeschoren met alleen zo'n piepklein kuifje waar tien kilo vet in zat.

Dit zijn zes nadelen. Blijft over: drie voordelen.

Mees
Voordelen
- Hij woont ook vlakbij.
- Ik ken hem nog maar pas, want hij zit net bij ons op school (in een andere klas). Dat is leuk, want het is nieuw en dus ook spannend.
- Hij heeft rood haar en een bril.
- Niemand anders is verliefd op hem.
- Hij is een kop groter dan Richter (en dan ik).
- Hij is heel aardig.

Dat zijn dus zes voordelen.

Nadelen
- Hij is een beetje verlegen.
- Soms ziet hij er té nurderig uit.
- Hij grinnikt een beetje gek en doet me dan denken aan een Vlaamse gaai (is ook wel weer grappig).

Drie nadelen. Blijft over: drie voordelen.

Snap je mijn probleem? Ik kom namelijk bij beiden op hetzelfde uit. Ik moet iets anders verzinnen, want zo kan het niet doorgaan. Mijn moeder kan ik het niet vragen, want die is 'op zoek naar zichzelf' zoals ze zegt en doet een cursus over het boeddhisme. Ze gaat er helemaal in op en zit constant met haar neus in allerlei boeken of hangt aan de telefoon om haar vriendinnen ervan te overtuigen ook boeddhist te worden. Die voelen daar natuurlijk niets voor, dus die gesprekken duren úren, want mijn moeder is een volhoudertje. Het gebeurt allemaal terwijl het huis vergeven is van de wierook en er van die Oosterse muziek klinkt. Soms denk ik: waar ben ik? In Nepal of zo? En dat allemaal terwijl ik al gek word van mezelf.

Ik heb geprobeerd met mijn moeder over mijn probleem te praten en vroeg: 'Weet een boeddhist iets over de liefde?'

Had ik het maar niet gevraagd, want ik kreeg een stortvloed van woorden over me heen waarvan ik maar tien procent begreep: 'Lieverd, boeddhisme is liefde!' En toen volgde er iets over wijsheid, geduld, vriendelijkheid en weet-ik-veel wat nog meer voor bullshit waar ik geen touw aan vast kon knopen, dus ik zei maar gauw: 'Bedankt! Dan ga ik nu snel aan mijn huiswerk, want ik heb morgen iets heel belangrijks.' Het is de enige manier om mijn moeders mond te snoeren.

Aan mijn vader heb ik ook niks, want die is zoals altijd op zakenreis naar een heel ver land. Ik geloof dit keer Brazilië. En mijn zus Kim woont op kamers in Amsterdam, waar ze alleen aan zich zelf zit te denken. Wouter, mijn vriend (in de zin van vriendin), zit de hele dag achter de computer want hij is verliefd op iemand uit Second Life (dat is een vir-tuele wereld). Vraag me niet hoe dat zit, want ik vind het totaal geschift om verliefd te worden op een computeranimatie.

Verder heb ik niemand aan wie ik mijn probleem kan voorleggen, zonder dat ze me voor gek verklaren, behalve jij dus. Weet jij raad, lieve Philippine?

Toekie staarde een tijdje naar de bladzijden van haar dagboek, maar Philippine gaf natuurlijk geen antwoord. Ze klapte het dagboek dicht, stopte het weg onder haar kussen en ging slapen.

De volgende dag stond Toekie een uur eerder op. Dat deed ze sinds ze verliefd was: een half uur aankleden voor de een en een half uur aankleden voor de ander. Want Richter en Mees hadden een verschillende smaak. Richter hield van de discodivastijl met glitters en superkorte rokjes, los haar en veel sieraden, en Mees vond het leuk als Toekie iets stoers aan had, zoals de broek met legerprint die grote zakken had en een beetje *baggy* was. Het was moeilijk om iets te combineren waarvan ze dacht dat het hen allebei tevreden zou stellen. Uiteindelijk vond ze iets leuks – dat wil zeggen de best mogelijke combinatie, want meer kleren had ze niet. Toen ze beneden kwam en haar moeder vroeg hoe ze eruitzag (wat ze beter niet had kunnen doen, want dan kon je er op rekenen commentaar te krijgen) zei haar moeder: 'Discodiva op oorlogspad! Wel een originele combinatie dat zwarte glittertopje met die broek en die legerkisten. Is het niet te koud? Zou je geen vest aandoen?' Toekies maag kneep samen van afschuw. Een vest! Hoe kon iemand alleen al het woord uitspreken! Wie droeg er tegenwoordig nog zoiets? Ze leefden toch niet in de vorige eeuw? Haar moeder zag dat ze iets verkeerds had gezegd en zei maar gauw: 'Een spijkerjasje kan ook.'

'Een jas!' schreeuwde Toekie. 'Dan zien ze niet wat ik aan heb!'

'Die doe je toch uit als je op school bent!'

'Vóór ik op school ben, ziet iedereen me ook! Mees zit niet bij mij in de klas, mama! Richter wel. Het is niet eerlijk als hij wel ziet wat ik aan heb en Mees niet. Ik doe geen jas aan!'

Toekies moeder trok een scheve mond. Dat was helemaal om je over op te winden, want dat betekende dat ze moest lachen, maar het niet wilde laten zien. Een paar maanden geleden zou ze zijn gaan schreeuwen, maar sinds ze zich in het boeddhisme verdiepte, was ze niet tot ruziemaken te verleiden. Het zou een uitdaging zijn om te kijken hoelang haar moeder dat *softe* gedoe volhield, dacht Toekie. Maar meteen verwierp ze die gedachte, omdat het gemeen was om je moeder zo te pesten.

'Ik ga,' zei ze in plaats daarvan en greep haar tas van een stoel.

'Hoe laat ben je thuis?'

'Weet niet. Ik heb Wouter beloofd dat ik even langsga. Hij heeft liefdesverdriet.' Ze grinnikte.

'Ach!' zei Toekies moeder medelijdend.

'Het is niet zielig. Hij is verliefd op iemand die niet

Wat is verliefd zijn?

Hoe komt het dat je van die gekke dingen voelt als je verliefd bent? Je hart bonkt, je hebt de zenuwen in je buik, je hebt geen honger, je kunt niet slapen, je handen trillen en je stottert.

Het komt allemaal door een stofje in je lichaam dat adrenaline heet. Je lichaam maakt het zelf aan. Dat gebeurt ook als je bijvoorbeeld opeens in een gevaarlijke situatie terechtkomt. Een flinke stoot adrenaline zorgt ervoor dat je zintuigen beter werken en je dus beter ziet, hoort en ruikt en je spieren vol bloed stromen en dat je lichaam klaar is om te vluchten. Door de adrenaline voel je geen pijn en geen vermoeidheid. Het is eigenlijk een natuurlijk pepmiddel.

Adrenaline zorgt ervoor dat je je gelukkig voelt.

bestaat. Eigenlijk is hij dus ook niet echt verliefd, hij dénkt het alleen.'

Toekies moeder staarde haar aan. Toekie had zin om haar moeder even in spanning te houden, ze haalde eerst heel diep adem en zei toen:

'Hij is verliefd op iemand uit een computeranimatie, een internetfantasie, het is een spel waar je aan mee kunt doen. Het meisje op wie Wouter verliefd is heet Frieda Fantasia. Ze is fotomodel.'

Toekies moeder begreep er nu helemaal niets meer van. 'Frieda Fantasia?' herhaalde ze aarzelend. 'Is dat haar echte naam?'

Toekie schudde haar hoofd. 'Frieda bestaat niet, zeg ik toch? Dus haar naam is ook niet echt. Die heeft iemand anders verzonnen, iemand die net doet of ze Frieda is. Waarschijnlijk is het een paard van een meisje, of misschien is het wel een vent. Dat zou lachen zijn.'

'Een vent! Jeetje! Weet Wouters moeder ervan! Het is toch niet zo'n internetpedofiel die net doet alsof hij een meisje is en Wouter ergens heen probeert te lokken?'

Toekie staarde haar moeder aan. 'Nee, mam! Je begrijpt echt niets van internet, hè. Geeft niets!' Ze gaf haar moeder een zoen. 'Maak je alsjeblieft geen zorgen over Wouter. Hij is mans genoeg om op zichzelf te passen. En die Frieda bestaat niet. Onthoud dat nou maar.'

'O! Nou ja, weet ik veel. Ik snap er geen bal van! Hoe kun je nou verliefd zijn op iemand die niet bestaat? Wouter doet altijd een beetje vreemd. Zal wel komen omdat hij hoogbegaafd is.'

Toekie liep naar de keukendeur omdat achter in het schuurtje haar fiets stond. 'En ga nou niet Wouters moe-

der bellen met allerlei indianenverhalen over kinderlok-
kers of zoiets.'
Toekies moeder schudde haar hoofd. 'Ik doe niets. Tot
vanmiddag. Bel je hoe laat je thuiskomt?'
Toekie knikte en ging op weg.

Het was inderdaad koud met alleen een topje aan. Toen
ze aankwam bij school, had ze zo erg kippenvel dat het
wel een ziekte leek. Het kostte moeite om niet hevig ril-
lend en met ingetrokken schoudertjes het schoolplein op
te lopen. Toekie keek uit naar Richter en Mees. Maar de
enige bekenden die ze zag waren Wouter en Angelina die
met wat vriendinnen stond te praten. Met haar lange
blonde haar en figuur als een balletdanseres had ze altijd
aandacht van alle jongens, én van meisjes, want ze was
een rolmodel voor een groepje dat om haar heen zwerm-
de als bijen om de koningin. De meisjes kleedden zich
hetzelfde en gedroegen zich ook net als Angelina, met
aanstellerige gilletjes en van die gekke discodanspasjes.
'Hi, Toek!' riep Angelina met haar lijzige stem. 'Wat zie
je er vandaag bijzonder uit! Apart wel!'
'Apart wel!' deden de geiten haar na.
Toekie wist inmiddels dat 'apart wel' uit Angelina's
mond eigenlijk 'raar' betekende, misschien zelfs 'niet
leuk'. Ze lachte flauwtjes terug en liep met haar fiets
naar de fietsenstalling, intussen het schoolplein afspeu-
rend naar Richter en Mees. Sinds haar dubbele verliefdheid was ze 's ochtends altijd een beetje zenuwachtig

voor ze naar school ging. Haar maag kromp er soms zo erg van samen dat ze er misselijk van werd, en één keer moest ze bijna overgeven en rende ze kokhalzend de school in. Het was een naar gevoel en ze baalde er steeds meer van dat ze maar geen oplossing wist voor het probleem. Het moest toch mogelijk zijn om een keuze te maken? Deed een van de twee jongens maar vervelend tegen haar dan was het snel opgelost, maar zowel Richter als Mees bleven even aardig doen. Toekie zette haar fiets neer en boog voorover om hem op slot te doen. Ze schrok toen iemand op haar rug tikte.

'Ik ben het maar,' zei Wouter lachend.

Toekie kende hem al sinds ze een kleuter was. Hij was haar beste vriend. Ze bespraken heel veel dingen samen, niet alles, want van meisjesdingen zoals borsten en ongesteld zijn, snapte hij niets. Dat soort dingen besprak ze met Gwen, haar vriendin die op een andere school zat.

'O, ben jij het!'

Wouter had sinds kort contactlenzen omdat hij hoopte er minder als een stuud uit te zien, want dat schrikte volgens hem sommige meisjes af. Maar zijn ogen waren rood en betraand en hij kneep ze samen alsof hij in de felle zon keek.

'Hoe is het met Frieda Fantasia?' vroeg Toekie.

'Onwijs goed. Ik ben gisteravond met haar naar een onbewoond eiland geweest,' grinnikte hij. 'We hebben onder een waterval gestaan. Er was verder helemaal niemand.'

'Romantisch zeg! Wat je toch allemaal op internet kunt beleven! Misschien moet ik ook maar eens zo'n fantasievriendje zoeken. Beter dan zoals het nu gaat.'

'Heb je nog steeds geen keuze gemaakt?' vroeg Wouter. Ze liepen samen de school in. Richter en Mees waren nog steeds nergens te bekennen. Toekie baalde er een beetje van, want meestal ging het zenuwengevoel over zodra ze hen zag. Ze vertelde dat ze op aanraden van Gwen een lijstje met voor- en nadelen van beide jongens had gemaakt, maar dat de uitkomst hetzelfde was.

'Ik heb een veel beter idee!'

Toekie keek nieuwsgierig opzij.

'Je moet ze een test laten doen. Je verzint een aantal eigenschappen die ze in ieder geval moeten hebben, zoals eh… slim en sexy, weet ik veel, noem maar iets op. Degene die op alle onderdelen de meeste punten haalt, is de winnaar.'

'Bedoel je een wedstrijd?' vroeg Toekie.

Wouter knikte.

'Maar daar doen ze toch nooit aan mee! Ze weten niet eens dat ik op allebei verliefd ben!'

'Het kan zonder dat ze weten dat het een wedstrijd is.'

Wouter hing zijn jas aan een haakje. Toekie zag dat hij een T-shirt aan had met een groot gouden hart erop. Ze wees ernaar. 'Is dat niet wat meisjesachtig?'

Wouter bekeek zichzelf. 'Liefde is universeel, het is overal en voor iedereen. Terugkomend op de wedstrijd: ik kan je best helpen een paar leuke testen te verzinnen en op zo'n manier dat Richter en Mees niet doorhebben dat het een test is. Voor het onderdeel *slim* kan ik bijvoorbeeld een vraag verzinnen die we terloops aan ze stellen. Zoals: Weet jij hoe de broer van Napoleon heette, je weet wel, degene die koning van Nederland is geweest? Of: Wat is de scheikundige formule van water? Of: Weet jij toevallig hoeveel drie miljoen keer achthonderddrieëndertigduizend is? Ik kan bergen moeilijke vragen bedenken. Dat is geen enkel probleem. Degene die de meeste vragen goed heeft, is de winnaar. Van het onderdeel *slim* dan,' voegde hij er aan toe.

Om Toekie heen begon de kapstok steeds voller te raken. Zo te zien was ze de enige die geen jas aan had, en ook de enige die zo bloot was gekleed, ze kreeg het er nog kouder door dan ze het al had.

'Maar hoe testen we het onderdeel *sexy*?' riep Toekie terwijl ze zich met Wouter tussen de stroom leerlingen worstelde die op weg was naar de verschillende klaslokalen. Angelina en haar vriendinnen kwetterden boven iedereen uit.

'We kunnen stiekem de mening vragen aan de geitenkolonie,' stelde Wouter voor.

'Ze vinden vast Richter het meest sexy! En ik wil niet dat ze weten waar het voor is.'

'Ik verzin er wel iets op, anders beoordelen we het zelf. We maken gewoon van tevoren een lijst met punten waaraan je als sexy man... eh... jongen moet voldoen. Kijk maar naar mij.'

Wat doe je met concurrenten?

Stel je bent verliefd op een leuke jongen, maar je bent niet de enige. Op school dingen nog een paar anderen naar zijn aandacht. Wat moet je dan doen?

Eeuwen geleden daagden mannelijke concurrenten elkaar uit voor een duel. Soms werd er gevochten met een zwaard, soms met een pistool. En niet zelden vond een van de twee de dood. Die tijd is voorbij. Tegenwoordig zou je gearresteerd worden en een hele tijd achter de tralies verdwijnen. En wie gaat er dan met die leuke jongen vandoor? Precies, je concurrent.

Je kunt andere gemene dingen verzinnen, zoals over je concurrent roddelen, haar het leven zuur maken door de banden van haar fiets lek te prikken, dreigmailtjes sturen waarin je schrijft dat ze uit de buurt moet blijven van zo-en-zo. Maar al die dingen zijn onaardig en kunnen bovendien tegen je gaan werken. Want als het uit komt dat jij al die gemene dingen doet, vindt die leuke jongen je misschien een bitch en wil hij niets met je te maken hebben. Zoals iedereen zal hij zelf wel bepalen wie hij leuk vindt en wie niet. Het beste wat je kunt doen is jezelf zijn en je vooral van je goede kanten laten zien.

Toekie lachte. 'Ja, vast wel! Maar ik begrijp wat je bedoelt. Ik verzin zelf wel een lijst met punten.'

Ze liepen de klas in. Wouter gooide zijn tas op het achterste tafeltje. Daar kon hij zich makkelijk verschuilen als de les hem weer eens verveelde, wat nogal vaak gebeurde omdat hij alles al wist.

Toekies aandacht werd afgeleid door Richter die de klas in sjokte en zijn tas met een enorme zwiep op zijn tafeltje mikte.

'Hi, Toek!' Hij liep naar haar toe, lachend en met een kleine swing in zijn manier van lopen.

Toekie dacht: ik vind hem het leukste, ik hoef helemaal geen wedstrijd te houden. Het wordt Richter! Het begin van het weldadig gevoel van opluchting kwam opzetten, maar op dat moment trippelde Angelina de klas binnen met in haar kielzog de geitenkolonie.

'Richter!' kirde Angelina.

'Richter!' deden de geiten haar na.

Hij draaide zich om, vergat Toekie en liet zich de aandacht van de kudde welgevallen. 'Meisjes toch! Hebben jullie me gemist?' Hij boog zich een stukje voorover, als een hond die zich over zijn kop wil laten aaien! De slijmbal!

Toekie ergerde zich suf. Waarom moest die duffe Angelina altijd maar aandacht van Richter vragen! Angelina begon plagerig aan hem te plukken. Misschien was Mees toch leuker, hij liet zich niet afleiden door Angelina. Hem zagen ze niet eens staan, want ze vonden hem een nerd. Dat had Toekie een van de geiten tenminste horen zeggen. Mees was geen *nerd*, nou ja, misschien een beetje, maar dat vond zij juist grappig. Meisjes als Angelina hielden alleen maar van jongens die iedereen leuk vond. Van die doorsneetypes die op die popfiguren leken van MTV of TMF. Zulke meiden waren waarschijnlijk te dom om iets leuks te zien aan iemand die anders was.

'Hé Toek!' riep Wouter. Hij knipoogde en zei met een hoofdknikje in de richting van Richter en Angelina en haar vriendinnen: 'Probleem opgelost!'

Toekie wist meteen wat Wouter bedoelde. Hij zag natuurlijk ook hoe irritant Richter zich met Angelina en haar vriendinnen stond aan te stellen. Ja, het was haar in één klap duidelijk: ze koos Mees.

Het leek wel of Richter haar gedachten kon lezen, want opeens draaide hij zich om en liep naar haar toe. Met beide handen steunend op haar tafeltje, zei hij:

'Rozen verwelken, bloemen vergaan, maar onze liefde blijft altijd bestaan.'

'Hè?'

'Vind je dit geen mooi gedicht?'

'Zeker zelf verzonnen?' vroeg Toekie spottend.

Richter knikte.

'Jokkebrok. Dat versje is al zo oud als de weg naar Rome.'

Richter ging op de stoel naast haar zitten. Het was niet zijn plaats maar die van Elodie, die al een paar weken ziek was.

'Richter, naar je eigen plaats!' riep meneer Batelaar terwijl hij met grote passen het lokaal binnen liep.

'Maar deze plek is vrij!'

'Naar je plaats!'

'Mag het niet voor één keertje? Ik zit daar zo vooraan.'

'Ja, dat weet ik. Dan kan ik je beter in de gaten houden.'

'En als ik beloof dat ik niets zeg en heel goed mijn best doe?'

'Hierrrr!' Batelaar liet de r rollen. 'En vlug!'

'Maar ik wil zo verschrikkelijk graag naast Toekie zitten.'

'Als je nu niet een-twee-drie naar je plaats gaat, donder je maar de klas uit. Voorgoed!'

Richter stond tergend langzaam op en zei zacht: 'Ja commandant Balenmaar!'

'Braaf!' riep Wouter toen Richter naar voren liep.

'Wouter, houd je mond!' riep meneer Batelaar. 'Ik ben hier de baas, niet jij.'

'Sorry, meester!' antwoordde Wouter slijmerig.

Toen Richter op zijn plaats zat, draaide hij zich om en gaf Toekie een knipoog. Even later schoof Wouter haar een briefje toe waarop hij had geschreven: *zeker weer helemaal, 100%, totally 2x in luvvvv?? Vanmiddag na*

school dan maar bij mij thuis om de wedstrijd voor te be-
reiden? xxxx Wouws…ter!!!
Toekie grinnikte en knikte.

Na school fietste ze samen met Wouter naar zijn huis.
Onderweg sms'ten ze Gwen.
kom j n wouw?hebbe j hulp dringend nodig.x t+w
Bij Wouter thuis roofden ze eerst de ijskast leeg. Ze pak-
ten twee flessen cola, zes worstenbroodjes, een pak
vruchtenyoghurt en van de fruitschaal vier mandarijnen
en twee bananen, en toen ook nog eens twee glazen,
twee lege schaaltjes en twee lepels. Ze namen alles mee
naar Wouters kamer, waar ze besloten niet op Gwen te
wachten omdat ze nog niet had geantwoord.
'Eerst even de hersenen voeden,' zei Wouter, terwijl hij
een worstenbroodje pakte en zo'n grote hap nam, dat
meteen de helft in zijn mond zat.
Toekie begon aan een mandarijn.
Toen de ergste honger was gestild, ging Wouter achter
zijn computer zitten en begon op dicteersnelheid: 'De
wedstrijd zal bestaan uit de volgende onderdelen…'
Toekies mobiel ging. 'Wacht even!' Ze keek op het
schermpje. 'Het is Gwen.'
Ze legde haar uit wat ze van plan waren en stopte de mobiel terug in haar zak.
'Ze komt er aan!'
'Dan neem ik nog even een worstenbroodje,' zei Wouter.

Gwen had blauw haar.

'Hoe vinden jullie het?'

'Blauw!' antwoordde Wouter.

'Een beetje Star Wars,' zei Toekie. 'Maar wel apart.'

'En hoe vinden jullie mijn T-shirt?' Ze stak haar borst vooruit, zodat haar vrienden de foto van Robbie Williams konden zien. 'Mooi hè?'

'Ben je nog steeds verliefd op die vent?' vroeg Wouter.

Gwen knikte: 'Hij is de liefde van mijn leven.'

'Je ként hem niet eens!' riep Toekie.

'Wel! Ik ben toch naar zijn concert geweest! Ik stond helemaal vooraan en kon hem bijna aanraken. Trouwens: ik heb hem al twee keer gezien, ook in Brussel.'

'Dan kén je iemand echt niet, hoor,' zei Toekie.

'Ik weet alles van hem, uit de bladen en van tv. Dan weet je echt wel hoe iemand in elkaar zit, hoor. Trouwens: ik ga hem een brief schrijven.'

'O, nee toch, hè!'

Gwen was verontwaardigd. 'Wat is daar zo gek aan?'

'Wie schrijft er nou een brief aan een popidool!'

'Wie is er nou verliefd op twee jongens tegelijk!'

'Maar die ken ik persoonlijk. Dat is het verschil.'

Gwen keek een beetje sip, dus Toekie zei maar gauw: 'Ik vind Robbie Williams ook heel leuk, hoor. Misschien gaan jullie wel trouwen.'

'Doe niet zo gek,' zei Gwen. 'Zoiets gebeurt alleen in films.'

Toekie begreep nu helemaal niets meer van Gwen.

Gelatinehart

Benodigdheden:

300 g aardbeien of kersen (zonder pit)
2½ kopje water
2½ kopje vruchtensap
300 g suiker
8 blaadjes gelatine

Week de gelatine in koud water.
Meng in een pan sap, water, suiker en uitgeknepen
gelatine en kook dit.
Roer tot de gelatine is opgelost.
Giet in een hartvormige bakvorm of in een vierkante
vorm waaruit je later een hart snijdt.

'Zullen we beginnen?' riep Wouter met zijn mond vol
met het derde worstenbroodje. 'We moeten eerst verzinnen uit welke onderdelen de wedstrijd bestaat. Ik
had al *slim* bedacht.'
'Ik weet niet of het zo'n goed idee is…' begon Toekie
aarzelend.
'Wat moet je anders? Verliefd blijven op allebei? Je hebt
zelf gezegd dat je er zenuwachtig van wordt.'
'Is er geen andere oplossing?'

Wouter schudde zijn hoofd. 'Het is de wedstrijd of doorgaan met lijden.'

'Goed dan maar.'

'Waar was ik? O ja, bij de onderdelen van de wedstrijd. Ik had *slim*.'

'En *sexy*,' vulde Toekie aan.

'Misschien moet *muzikaal* ook,' zei Gwen.

Toekie schudde haar hoofd. 'Dat hoeft niet. *Lief* vind ik een beter idee.'

'En wat vinden jullie van stoer!' riep Wouter. 'Dan moeten ze iemand uit een brandend huis redden of een koe die in een sloot terecht is gekomen.'

'Ja!' riep Gwen opgetogen. 'Of ze moeten mij redden!'

'Nee, mij,' riep Toekie.

'Of ons allebei!'

'We hebben nu vier onderdelen: *slim, sexy, lief* en *stoer*,' zei Wouter. 'Dat is denk ik wel genoeg. Als je het dan nog niet weet, moet je ze allebei maar nemen. Nu moe-

ten we alleen nog verzinnen wat we ze laten doen en hoe we gaan bepalen wie er wint.'

Gwen stak haar vinger in de lucht. 'Wouter en ik zijn van de wedstrijdcommissie.'

'En ik dan?' zei Toekie.

'Goed, jij mag er ook bij.'

Toen de hele voorraad voedsel en de twee flessen frisdrank op waren, was het plan klaar. De volgende dag zou de wedstrijd beginnen. Ze begonnen met het onderdeel *slim*, waarvoor Wouter die avond zes vragen zou verzinnen.

Toen Toekie 's avonds in haar kamer zat, ging het bliepje op de computer dat aangaf dat iemand online was. Het was Wouter. Zijn chatnaam was The Master of Disaster, die van haar luidde Teckel.

The Master of Disaster zegt:
is d vraag Hoe heet de president van Oezbekistan? te moeilijk?

Teckel zegt:
voor mij wel. als z h allebei n weten, schieten wur niets mee op. verzin e makkelijkere vraag, graag.

The Master of Disaster zegt:
doek *-) :-{}

Toekie keek op het chatwoordenlijstje dat Wouter haar had gegeven en zag dat de eerste smiley betekende: ik moet nadenken, en de tweede: kushandje. Ze had eigenlijk een beetje genoeg van die smileys. Morgen zou ze tegen Wouter zeggen dat het tijd werd dat hij ermee ophield. Ze sloot af en ging naar bed. Maar haar gedachten bleven in haar hoofd tollen, niet alleen over haar dubbele verliefdheid maar ook over haar moeder die vanavond in huilen was uitgebarsten. Misschien hielp het als ze in haar dagboek schreef. Ze knipte het licht aan en pakte Philippine van het kastje naast haar bed. Met een kussen in haar rug begon ze te schrijven:

Lieve Philippine,

Er is iets vervelends gebeurd: mijn vader heeft gebeld en tegen mijn moeder gezegd dat hij voorlopig in Brazilië blijft. Mijn moeder moest huilen, want hij is al zo lang weg. Een half uur nadat ze had opgehangen, zei ze: 'Volgens mij heeft hij een ander.'

Ik schrok natuurlijk, al had Kim ook gezegd dat ze dacht dat mijn vader een vriendin had. Ik geloofde het niet, want Kim verzint wel vaker iets. Maar toen mijn moeder het zei, dacht ik opeens: misschien is het toch waar.

'Ik ga hem bellen!' riep ze.

Ik ben maar even naar de keuken gegaan, want ik wilde dat gesprek niet horen, maar na een minuut of tien hoorde ik mijn moeder beneden nog harder huilen. Ik ben natuurlijk als een haas naar haar toe gerend.

'Hij zegt dat het niet waar is!' snikte ze.

Ik begreep er niets van. 'Waarom huil je dan?'

'Omdat ik hem mis en omdat ik wil dat hij terugkomt. Ik zit hier maar in mijn eentje te verkommeren.'

'Je hebt mij toch?'

'Jij bent altijd weg.'

'En Boeddha dan?' zei ik op kalme toon in de hoop dat ik haar tot bedaren kon brengen.

Ze schudde haar hoofd en snoot haar neus in de onderkant van haar overhemd. 'Ik heb niks aan Boeddha. Het is gewoon een tijdverdrijf. Ik moet toch wat om mezelf bezig te houden.'

Toen wist ik ook niets meer te zeggen. Ik bedoel: als Boeddha al niet meer kon helpen, wat kon ik dan nog doen!

De telefoon ging weer. Het was mijn vader die zich zorgen maakte over mijn moeder. Ik werd een beetje boos, want door hem zat ik met nóg een probleem.

'Je moet maar weer eens thuiskomen!' snauwde ik.

Mijn vader begon te stotteren. 'Ik... Ik kan echt niet weg... De fabriek...'

'Jij altijd met die rotfabriek. Kun je niet gewoon in Nederland komen werken, zoals de vader van Gwen en de moeders van Wouter. (Voor het geval je het nog niet wist: hij heeft twee moeder in plaats van een vader en een moeder.) Nu moet ik voor mama zorgen en weet je hoeveel huiswerk ik heb?' (Ik zei natuurlijk niets over de andere problemen die ik heb.)

'Geef mama maar even,' zei mijn vader.

'Hier! Je man aan de telefoon!'

Mijn moeder kon alleen maar snikken. Het kostte mijn vader wel en kwartier om haar tot bedaren te brengen. Op het laatst verscheen er eindelijk een lachje op haar gezicht. Ik wilde opstaan om naar mijn kamer te gaan, toen ik mijn moeder hoorde zeggen: 'Nee, dat is denk ik geen probleem. Johannus wil vast wel zolang in huis komen om een oogje in het zeil te houden.... Ik ga meteen op internet kijken of ik een ticket kan boeken... Dag, liever! Tot gauw!'

Ik stond aan de grond genageld, want ik voelde al nattigheid en ja hoor: toen mijn moeder had opgehangen, zei ze doodleuk: 'Ik ga een paar weekjes naar Brazilië. Je vader zegt dat hij me mist.' Ze zei het op een toon alsof ze dat altijd al had geweten en zij om hém een plezier te doen, naar hem toe ging.

'En ik dan?'

'Ik bel Johannus om te vragen of hij zolang hier komt logeren.'

'Johannus!' riep ik met een van verontwaardiging verdraaide stem. Hij is de jongste broer van mijn moeder, maar zo saai, dat hij nog nooit in zijn leven een vriendin heeft gehad, laat staan dat er ooit een vrouw is geweest die met hem wilde trouwen. Als je Johannus alleen al ziet, val je in slaap. 'Ja, da-ag!' riep ik. 'Schrijf dat maar op je buik! Jij lekker naar Brazilië en ik hier afzien met Johannus.'

'Ach, stel je niet aan! Hij is best aardig. Je hebt toch helemaal geen last van die man? Hij zit de hele dag te lezen. Wat wil je anders? Bij Wouter logeren op dat kleine flatje? Of bij Gwen met die twee drukke kleine broertjes?'

Nee, dat zag ik ook niet zitten. 'Nou, je doet maar! Ik zorg wel dat ik niet thuis ben. Ik ga wel buiten zitten wachten of in het schuurtje tot het tijd is om naar bed te gaan.'

Mijn moeder grinnikte, pakte de telefoon en draaide het nummer van haar broer.

'Hallo Johannus! Met je zus! Zeg heb jij tijd om...'

Wegwezen! dacht ik, want ik wilde mezelf niet langer kwellen. Als mijn moeder op reis is, heb ik niemand meer die me kan helpen om mijn probleem op te lossen. Je denkt toch niet dat die duffe Johannus een oplossing weet. De enigen die me nu nog kunnen helpen zijn Gwen en Wouter, en de wedstrijd.

Nou, ik ga maar slapen, want ik ben moe.

Kussss 2kie

De volgende ochtend aan de ontbijttafel zei Toekies moeder: 'Ik heb een verrassing!'

Toekie keek haar vragend aan.

'Ik ga overmorgen al naar Brazilië. Ik heb een ticket kunnen boeken. Fantastisch hè?'

Ze zag er gelukkig uit, veel gelukkiger dan toen ze nog met Boeddha bezig was. Toekie was blij voor haar, maar ze baalde voor zichzelf.

'En weet je wat nog meer?'

Toekie dacht: Nu gaat ze vast zeggen: 'Je mag mee!'

'Johannus komt oppassen!' riep Toekies moeder in plaats daarvan, maar op een toon alsof ze Toekies grootste wens in vervulling liet gaan.

'Ik ga liever dood,' zei Toekie.

Haar moeder kwam achter haar staan en sloeg haar armen om haar dochter heen. 'Maar lieverdje, zo erg is het toch niet. Johannus is echt heel lief en hij vindt het zo leuk om hier in huis te zijn. Hij neemt al zijn kookboeken mee, dus reken maar dat hij je zal verwennen. Ik ga maar heel even weg.'

'Hoe lang eigenlijk?'

'Drie weekjes.'

'Drie! Dan herken ik je niet eens meer.'

'Ik bel elke dag.'

Toekie schudde haar hoofd. 'Dat hoeft niet.'

'Doe nou niet zo flauw, anders ga ik niet met een gerust hart weg. Zeg dat je het leuk vindt dat Johannus komt.'

'Ik vind het leuk.' Toekie gaf haar moeder een kus. 'Echt mam, ik vind het heel leuk dat je naar papa gaat. En ik zal goed op Johannus passen.' Ze stond op. 'Maar nu moet ik naar school. O ja, na school ga ik met Wouter mee. We hebben iets belangrijks te doen. Dag!' Ze deed de keukendeur open en liep naar het schuurtje om haar fiets eruit te pakken.

Wouter stond haar bij het schoolplein op te wachten. Hij had een donkergrijze muts op die hij over een pet had getrokken. Zijn ogen waren minder rood en be- traand.

'Cool!' zei Toekie, wijzend op zijn muts. 'Heb je de vra- gen?'

Wouter knikte. Hij liep met Toekie mee naar de fiet- senstalling.

'Jammer dat Gwen er niet bij kan zijn,' zei Toekie. 'Ik wou dat ze bij ons op school zat.'

Hartsandwiches

Snijd een hart uit twee witte of bruine boterhammen.
Rooster ze.
Besmeer een hart met iets zoets of iets hartigs.
Leg de tweede hartvormige boterham erbovenop.

'Bij twijfel kunnen we haar bellen en als jurylid om haar oordeel vragen,' zei Wouter. Hij pakte een brief uit zijn zak: 'Zal ik de vragen voorlezen?'
Toekie zette haar fiets op slot en knikte.
'Onderdeel *slim*. Ik heb vijf vragen bedacht. De eerste is: Noem een vis die geen vis is.'
'Dolfijn!'
'Goed geantwoord! Vraag 2: Hoe heette de man van Eva?'
'Bedoel je die uit de bijbel?'
Wouter knikte.
'Adam!'
'Ook goed. Vraag 3: Hoe heette de moeder van onze koningin?'
'Juliana!'
'Ook goed. Zijn ze te makkelijk?'
'Voor mij wel.'
'Vraag 4 is moeilijker: In welk museum hangt het schilderij de Mona Lisa?'
'Weet ik veel!'

'In het Louvre in Parijs. Het is een bekend schilderij. Met deze vraag testen we ook een beetje hun kennis van kunst.'

'Ik weet niet of ik dat belangrijk vind.'

'Schrappen dan maar?'

Toekie schudde haar hoofd. 'Laat maar staan! Als de andere vragen te makkelijk zijn, geeft deze misschien de doorslag.'

'Vraag 5: In welke provincie ligt Valkenburg?'

'Brabant?'

'Nee, sufferd. In Limburg.'

'Maakt niet uit, ik was toch niet van plan om erheen te gaan.'

Wouter gaf de lijst met vragen aan Toekie. 'Veel succes! Vergeet niet hun antwoorden op te schrijven.'

'En wat doe jij dan?'

'Ik beoordeel de antwoorden. Als ze bijvoorbeeld op de eerste vraag walvis antwoorden, dan is dat ook goed, want dat is ook geen vis.'

Toekie keek rond. Mees stond een eindje verder met een voetbal te jongleren en Richter was weer met de geiten aan het praten. Ze stopte de lijst in haar zak. 'Ik wacht nog even op een goed moment.'

Dat moment kwam eerder dan ze had verwacht, want toen ze bukte om de veters van haar All Stars vast te maken, hoorde ze zeggen: 'Hi, Toekie!'

Aan de afgetrapte sneakers herkende ze de schoenen van Mees. Ze keek omhoog. 'Hi! Eh… Eh…' stotterde ze, want ze realiseerde zich dat dit het moment was om een vraag te stellen. 'Is een walvis een vis?'

'Heuh?' Mees keek verbaasd.

'Weet jij misschien welke vis geen vis is?'

Romantisch ontbijtje

Leg een glazen of ijzeren hartvorm zonder bodem in een bakpan.

Bak hierin een omeletje al dan niet met vulling, bijvoorbeeld stukjes gerookte zalm en peterselie.

Gebruik voor de vulling niet te natte ingrediënten anders gaat de hartvorm misschien verloren.

'Heuh? Een vis is een vis, volgens mij. Als het geen vis is, wat is het dan wel?'

Toekie ging staan en keek recht in de blauwe ogen van Mees, die mooi afstaken tegen zijn rode haar. Zijn gezicht zag er vrolijk uit met al die sproeten en dan ook nog dat grappige ronde brilletje erbij. 'Er zijn dieren die in de zee leven als een vis, maar die geen vis zijn. Welke zijn dat?'

'Waarom wil je dat weten?'

'Zomaar! Omdat het belangrijk is! Nee, het is voor school. Ik móét het weten anders krijg ik een onvoldoende.'

'Nou, ik snap die vraag niet.'

'Een walvis, sufferd!' riep Toekie. 'Een walvis is geen vis!'

'Nee?'

'Nee, dat is een zoogdier!'

'O, bedoel je dat! Net zoals een dolfijn!'

'Precies!'

'Maar waarom vroeg je het aan mij als je het zelf al wist?'

'Ik wist het niet zeker.'

De bel ging.

'Ik moet gaan,' zei Mees. 'Als ik weer te laat kom, mag ik er niet meer in. Zie ik je na school?'

Toekie knikte. Terwijl ze hem nakeek, dacht ze: had hij het antwoord nou goed of niet? Ze twijfelde en besloot toen: dit is een vraag voor de jury.

Wouter fronste zijn wenkbrauwen. 'Ik ben bang dat ik

het fout moet rekenen. Je hebt hem voorgezegd.'

Toekie keek teleurgesteld. Ze wilde niet dat Mees verloor. Waarom eigenlijk niet? Als ze wilde dat hij won, kon ze hem net zo goed meteen kiezen. En Richter dan laten lopen? Nee, dat wilde ze ook niet.

'Maar hij wist het wel, want hij zei: "Net zoals een dolfijn!" Hij begreep de vraag alleen niet.'

Wouter schudde zijn hoofd. 'Ik moet streng zijn. Ik reken deze vraag niet goed.' Hij wees naar het vel papier in Toekies hand. 'Schrijf maar op! Vraag 1: fout voor Mees.'

'Ik ga het meteen aan Richter vragen. Als hij het ook niet weet, staan ze gelijk.'

Meester Batelaar was nog niet in de klas verschenen, dus liep Toekie gauw naar Richter. 'Ik heb een belangrijke vraag.'

Richter keek haar vragend aan.

'Luister goed. Welke vis is geen vis?'

'Dat zijn de dolfijnachtige, zoals de dolfijn zelf en ook de walvis. Het zijn namelijk zoogdieren, zij brengen levende jongen ter wereld en bovendien hebben ze geen kieuwen, maar longen,' riep Richter opgetogen. 'Goed? Krijg ik nu een prijs?'

'Een, nul!' riep Wouter van achter in de klas. 'Stel hem meteen de volgende vragen!'

'Het is een prijsvraag, hè?' zei Richter.

'Zoiets, ja!' antwoordde Toekie. 'De volgende vraag dan maar: Hoe heette de man van Eva?'

'Adam!' riep Richter.

Toekie knikte. 'Hoe heette de moeder van onze koningin?'
Richter dacht na.

'Juliana!' riep Angelina.

Toekie keek haar boos aan. 'Je mag niet voorzeggen.'
Ze keek om naar Wouter.

'Fout!' riep hij beslist. 'Had hij maar eerder moeten antwoorden.'

'Ik wist het wel!' riep Richter. 'Kan ik het helpen dat Angelina voor d'r beurt sprak.'

'Fout!' riep Wouter.

Toekie maakte een aantekening. 'Je hebt nog een kans. In welk museum hangt het schilderij de Mona Lisa?'
Richters mond zakte open. 'De wie?'

'Mona Lisa!' antwoordde Toekie. Ze sprak het langzaam en duidelijk uit.

'Nooit van gehoord.'

'Fout!' riep Wouter.

'Fout,' zei Toekie, terwijl ze er een aantekening van maakte. 'Nog één vraag: In welke provincie ligt de stad Valkenburg!'

'Limburg! Ik ben er in de vakantie geweest, want de Tour de France kwam erdoorheen.'

'Goed!' zei Toekie
De hele klas juichte.

'Wat is dit voor enorme herrie!' Meneer Batelaar kwam met grote passen de klas binnenstormen. 'Allemaal naar je plaats! Ik wil een speld kunnen horen vallen!'

'Drie goed!' fluisterde Wouter achter Toekie, toen ze zat.

'In de pauze moet je meteen Mees in zijn kladden grijpen, dan hebben we dit onderdeel van de wedstrijd gehad.'

'Heb ik nou gewonnen of niet?' riep Richter naar Toekie.

'Richter! Mond dicht!'

'Ik zei niets!'

'Je zei wel wat!'

'Het was per ongeluk.'

Tot de pauze hield hij zijn mond en had Toekie genoeg tijd om een antwoord te verzinnen.

'Nee, je hebt niet gewonnen,' zei ze tegen Richter toen het pauze was.

'Balen!'

Ze knikte.

Wouter stootte haar aan. 'Opschieten!' Hij wees naar Mees die in zijn eentje een eindje voor hen liep. 'Niet te opvallend, hè! Je moet de vragen terloops stellen, anders hebben ze straks in de gaten dat ze aan een test meedoen.'

'Mees!' Toekie liep achter hem aan. 'Wacht even! Ik moet je nog wat vragen! Ik ben weer met een werkstuk bezig. Weet jij misschien hoe de man van Eva heette?'

'Van Adam en Eva, bedoel je? Hapje?' Hij stak een half afgekloven Snicker naar haar uit.

Ze schudde haar hoofd. 'Nee, dank je. Ja, die!'

'Adam!'

'Goed!' riep Toekie opgetogen. 'Ik heb nog een vraag: Hoe heette de moeder van onze koningin?'

'Pffft! Máxima?'

'De moeder!'

'Ik weet niet hoe haar moeder heet.'

'Niet háár moeder, de moeder van onze koningin!'

'Beatrix!' riep Mees trots.

'Nee, háár moeder!'

'Die is toch dood?'

'Ja-a! En hoe heette ze? Ju…' begon Toekie.

'Niet voorzeggen!' riep Wouter die vlakbij stond mee te luisteren.

'Juliana!' riep Mees.

'Goed!' Ze keek om naar Wouter.

'Voor deze keer!'

Toekie keek weer op haar briefje. 'In welk museum hangt het schilderij de Mona Lisa?'

'Nooit van gehoord.'

'Fout!' riep Wouter.

Toekie keek om. 'Ja, dat weet ik ook wel.'

'Voor het geval je weer gaat voorzeggen!'

'Hé, waar gaat dit over?' vroeg Mees. 'Is dit een test of zo?'

'Een test?' herhaalde Toekie. 'Nee, zeg! Het is voor een schoolopdracht. Als je deze vraag nog even voor me kunt beantwoorden: In welke provincie ligt Valkenburg?'

'Overijssel!'

Toekies gezicht betrok. Mees had te weinig antwoorden goed, om precies te zijn maar twee, tegen Richter drie. Maar misschien scoorde Mees beter op het volgende onderdeel.

'Na school doen we het onderdeel *stoer*,' zei Wouter terwijl ze toekeken hoe Mees met Richter een potje begon te voetballen.

'Kunnen we niet het onderdeel *sportief* inlassen?' vroeg Toekie. 'We hoeven alleen maar toe te kijken hoeveel doelpunten ieder maakt.'

Wouter schudde zijn hoofd en wees naar beide jongens; inmiddels hadden zich twee teams gevormd waarbij Richter en Mees in hetzelfde team speelden. 'Gwen komt om drie uur naar onze school om ook te helpen bij het jureren. *Stoer* is namelijk nogal moeilijk te meten.'

Romantische cake

In cakevormen in hartvorm kun je romantische cakejes bakken.

Heb je die niet, bak dan een cake in een grote platte vorm en snijd er later hartvormige cakejes uit.

'Wat heb je bedacht om ze te laten doen?' vroeg Toekie. Wouter wilde net antwoorden toen zijn aandacht werd afgeleid door een jongen die hem riep. 'Ik vertel het je straks!' Hij liep weg en liet Toekie barstend van nieuwsgierigheid achter.

De rest van de schooldag probeerde Toekie het plan om het onderdeel *stoer* te testen aan Wouter te ontfutselen, maar hij deed steeds geheimzinniger.

'Moeten ze iemand redden?'

Wouter schudde zijn hoofd.

'Een brand blussen?'

'Nee, ook niet. Het is beter als er zo min mogelijk mensen van weten, dan lijkt het echter.'

Toen de bel eindelijk ging en ze Gwen buiten zag staan wachten, riep ze tegen Wouter. 'Nu vertellen!'

'Eerst Mees en Richter bij elkaar zien te krijgen.' Hij keek zoekend rond.

'Daar!' riep Gwen wijzend op Richter die met twee vriendinnen van Angelina stond te praten. Als je het niet wist, zou je denken dat Angelina zich had verdriedubbeld, want ze hadden precies hetzelfde haar: lang, golvend en blond. Ze stonden ook even geitig te giechelen.

'Is dat praten?' vroeg Gwen spottend.

Toekie knikte. 'Het is een speciale taal, je kunt het alleen verstaan als je lid bent van de geitenclub. Zij is de opper-geit!' Toekie wees naar de echte Angelina die een eindje verderop met Freek stond te praten, een grote jongen die ook bij hen in de klas zat. Hij had zijn haar in een matje met kaalgeschoren zijkanten en was lid van een groepje *hooligans*, zoals Wouter het noemde. Net als Angelina was hij de leider van een stel jongens. Die liepen altijd een beetje vervelend te doen; kinderachtige dingen zoals een bal afpakken en banden leeg laten lopen, maar daarom niet minder irritant.

'Even terug naar de orde van de dag,' zei Wouter. 'Waar is Mees?'

Ze keken rond. Hij was nergens te bekennen.

'Wanneer moeten we?' riep Angelina vanuit de verte.

'Nog een momentje!' riep Wouter terug.

'Wat ben je van plan?' vroeg Toekie achterdochtig. 'Je hebt Angelina toch niet verteld van de testen?'

Wouter schudde zijn hoofd. 'Ze denkt dat ze aan de auditie voor een film mag meedoen. Je weet toch hoe graag ze beroemd wil worden? Ze neemt niet voor niets acteer- en danslessen. Van haar droomwens heb ik alleen een beetje gebruikgemaakt. En voor het geval je je het afvraagt: Freek doet ook mee.'

'Daar is Mees!' zei Gwen.

Hij gaf een teken aan Angelina en Freek, waarop Angelina begon te gillen. Toekie zag hoe Freek haar fiets op de grond smeet en haar ruw beetpakte.

'Hélp!' riep Angelina. 'Hélp! Ik word verkrácht!'

Het klonk nogal gemaakt, vond Toekie.

Wouter zei: 'Nu goed opletten! Degene die Angelina uit handen van Freek weet te redden, is de winnaar van dit onderdeel.'

Angelina gilde als een speenvarken, maar Richter en Mees kwamen niet in beweging. Ze keken niet eens!

'Ze doen niets,' zei Gwen bezorgd. 'Jeetje, wat zijn dat voor watjes!'

Angelina gilde en gilde. Iedereen keek, maar niemand deed iets. Het leek erop of Freek dacht dat het er niet bedreigend genoeg uit zag, want hij deed steeds ruwer.

'Hé, eikel! Je doet me pijn!' schreeuwde Angelina opeens en gaf hem een hijs met haar tas.

'Au! Stom wijf!' Hij voelde met een van pijn vertrokken gezicht aan zijn hoofd en keek geschrokken naar het bloed op zijn hand. 'Ben je gek geworden of zo?' Hij gaf haar een klap terug.

'Nee, jij!'

Ze haalde weer uit met haar tas. Freek kon maar net wegduiken en hield zijn armen in de bokshouding, klaar om Angelina een optater te geven.

'Het gaat mis,' fluisterde Gwen. 'Waarom doen die gasten niets.'

'Ze durven niet tegen Freek,' zei Wouter. 'Misschien was het niet zo'n goed idee om hem te vragen als aanvaller op te treden. Hij wordt echt boos.'

Angelina en Freek dansten om elkaar heen als twee prijs-vechters. Freek met zijn vuisten en Angelina met haar tas, wat een beter wapen was, want ze kon er van een afstandje flink mee door de lucht slingeren. En ja hoor, Freek ontving weer een klap tegen zijn kop. Zo hard, dat hij wankelde en op de grond viel. Angelina was onver-biddelijk en bleef met haar tas op hem inrammen.

'Ze maakt hem nog dood,' zei Gwen bezorgd. 'We moe-ten iets doen!'

Cut! Cut!' riep Wouter terwijl hij naar hen toeliep alsof hij een echte filmregisseur was die zijn acteurs zegt dat de opname is gestopt. 'Stop maar! Het staat er prachtig op, net echt! Ik denk echt dat je hiermee hoge ogen gooit, Angelina.'

Angelina's hoofd was rood van de opwinding en ze had een verwilderde blik in haar ogen. 'Denk... denk je echt?' Ze probeerde haar kleren weer in model te trek-ken, maar zag tot haar schrik dat er een scheur in de mouw van haar nieuwe spijkerjasje zat. 'Maakt niet uit. Bedrijfsongeval, zal ik maar zeggen.'

Freek krabbelde op. Hij keek niet blij.

Angelina gaf hem plagerig een duw. 'Ik had je wel mooi te pakken, hè? Je dacht zeker dat ik echt boos was?'

'Echt niet.'

'Echt wel!' riep Angelina lachend. 'Ik heb gewonnen!' juichte ze.

'Angelina heeft gewonnen!' juichten haar vriendinnen met haar mee terwijl ze om haar heen dromden.

'Plan mislukt,' zei Toekie. 'Wat doen we nu?'

'Geen idee,' antwoordde Wouter.

In de verte zagen ze Richter samen met Mees de straat uitlopen.

Thuis was het een chaos. Overal lagen kleren, schoenen, hoeden, petjes, sjaals, tassen en rugzakjes. Toekies moeder liep met een rood hoofd van opwinding heen en weer te rennen.

'Wat is hier aan de hand!' riep Toekie geschrokken toen ze de bende in de woonkamer zag.

'Ik ben aan het pakken,' zei Toekies moeder. 'Zie je dat niet?'

Toekie schudde haar hoofd. 'Voorlopig ligt er nog niets in je koffer.'

'Het is ook zo veel! Ik kan maar niet beslissen of ik die rode of zwarte schoenen meeneem. En zal ik nog een dikke trui meenemen?'

'Het is daar dertig graden, mam! Je hebt helemaal geen trui nodig!'

'Denk je?'

Toekie knikte. 'Hier!' Ze trok een paar T-shirts tussen de stapels vandaan, een broek en nog een rokje. 'Neem deze dingen mee. En ook een paar slippertjes. Dat is genoeg.'

'Voor al die dagen?'

Toekie knikte.

Haar moeder keek naar de bijna lege koffer en deed toen precies wat Toekie verwachtte. 'Dan neem ik voor de zekerheid nog een paar extra dingetjes mee.' Ze pakte nog drie kledingstukken en deed die in de koffer. 'Klaar! Dank voor je hulp, schat!' Ze liep naar haar dochter toe en gaf haar een kus.

'Graag gedaan,' zei Toekie. Ze draaide zich om en liep de trap op om naar haar kamer te gaan.

Daar zette ze eerst haar computer aan. Er was een mail van Angelina. Toekie hoorde niet echt tot haar vriendenkring, maar ze mailden wel. En als Angelina een feestje gaf, nodigde ze Toekie altijd uit. Niet dat Toekie dat leuk vond, want het waren meestal feesten waar zo hard werd gegiecheld dat het pijn deed aan je oren.

Van: Angelina Friedman
Aan: Toekie
Verzonden: wo 14-2-2007 16:18
Onderwerp: iets ergs

Hi!

Ik moet je iets heel ergs vertellen. Het is wel geheim. Daarom zeg ik het liever tegen jou. Ik ben bang dat er iemand verliefd op mij is. Het is alleen geen jongen, maar een meisje. Beloof me dat je het niet verder vertelt! Het is Chantal, je weet wel, dat nieuwe meisje.

Ik dacht eerst dat ze gewoon aardig was en daarom steeds van alles voor me meebracht, maar gisteren kreeg ik opeens een kaart bij de post met een rood hart erop. Ik had eerst nog niets in de gaten, maar toen las ik opeens op de achterkant: *love u4ever*, Chantal.

Wat denk je? Vergis ik me? Ik vind Chantal helemaal niet een lesbisch type. Jij? Ik durfde haar vanmorgen op school haast niet aan te kijken. Straks denkt iedereen nog dat ik ook lesbisch ben. Stel je voor! Dan kijkt niet een jongen meer naar me.

Wat moet ik doen?

Kusjes,

Angelina

Toekie staarde naar het scherm. Chantal verliefd op Angelina! Dat was nog eens iets anders dan verliefd zijn op twee jongens tegelijk. Chantal was nieuw op school. Ze was al snel in Angelina's vriendinnenclubje opgenomen en gedroeg zich inmiddels ook als de rest. Dat ze superaardig tegen Angelina deed, was Toekie ook opgevallen. Maar ze dacht dat het kwam omdat ze nieuw was en graag geaccepteerd wilde worden. Verliefd op Angelina! Nou ja, zo ongeveer de hele school was verliefd op haar, dus waarom niet ook een meisje? Zo bijzonder was het nou ook weer niet. Wouters moeder woonde ook samen met een vriendin, Ankie. Ze hadden zelfs een kind met z'n tweetjes. Dat hadden ze weliswaar niet op de normale manier 'gemaakt', maar er een donorvader voor gezocht. In het ziekenhuis hadden ze voor de rest gezorgd.

Wouter zei altijd: 'Mijn vader is een zaadje uit potje.' Maakte het wat uit? Wouter was toch een normaal kind, meer dan normaal zelfs, want hij was superslim. Zijn moeder en Ankie waren ook normale mensen en heel aardig bovendien. Dus nee: er was niets op tegen dat Chantal verliefd was op Angelina. Behalve dan dat Angelina niet verliefd was op Chantal. Dat was het enige probleem. Maar het kon net zo goed gebeurd zijn dat een jongen verliefd was op Angelina waar zij niets in zag. Toekie wist wat ze aan Angelina moest antwoorden.

Van: Toekie
Aan: Angelina Friedman
Verzonden: wo 14-2-2007 17:18
Onderwerp: over de liefde en zo

Hi Angelina!

Als iemand verliefd op je is, maar jij niet op hem/haar, moet je het eerlijk zeggen. En als je het vervelend vindt om te doen, kun je Chantal ook een briefje schrijven. Of een mailtje. Dan moet je zeggen dat je haar heel aardig vindt, maar niet verliefd op haar bent en ook dat je niet op meisjes valt maar op jongens.

Groetjes, 2kie!

P.S. Je hoeft echt niet bang te zijn dat iemand denkt dat jij lesbisch bent. Iedereen weet dat je op jongens valt.

Toekie stuurde het mailtje weg. Ze wilde opstaan toen het bliepje op de computer klonk ten teken dat er iemand op msn was. Het was Angelina, haar chatnaam was Pumpkin Baby

Teckel zegt:
Ik stuur je net een mailtje.

Pumpkin Baby zegt:
Ja. Op msn gaat vlugger. Ik durf niet tegen Chantal te zeggen dat ik niet verliefd op haar ben en ook niet dat ik niet op meisjes val. Stel je voor dat iemand op school het hoort. Straks denken ze nog dat ík lesbisch ben. Wat moet ik precies schrijven aan Chantal?

Teckel zegt:
Dat je haar aardig vindt, maar niet verliefd op haar bent.

Pumpkin Baby zegt:
En als zij niet verliefd op mij is? Dan sta ik toch voor gek?

Teckel zegt:
Ze schrijft toch *Love u4ever*?

Pumpkin Baby zegt:
Ja, nou?

Teckel zegt:
En ze stuurt je een kaart met een rood hart erop.

Pumpkin Baby zegt:
Ja, nou en?

Teckel zegt:
Je zegt zelf dat je denkt dat ze verliefd op je is!

Pumpkin Baby zegt:
Ja, maar ik weet het niet zeker. Dat is juist het probleem.

Teckel zegt:
Laat dan maar zitten.

Pumpkin Baby zegt:
Wat?

Teckel zegt:
Doe niets en wacht af.

Pumpkin Baby zegt:
En dan?

Teckel zegt:
Dan niets.

Pumpkin Baby zegt:
Oké! Als jij het zegt, doe ik niets. Zeg tegen iedereen
dat ik niet lesbisch ben.

Teckel zegt:
Doe het zelf!

Pumpkin Baby zegt:
Ik kijk wel uit. Dan denken ze het juist.

Teckel zegt:
Als ik het zeg, denken ze het ook.

Pumpkin Baby zegt:
Moet stoppen. LOL.

Toekie dacht: *Lots of Love?* Als je dat tegen een vriendin
kon zeggen, kon je net zo goed *Love you for ever!* zeggen. Maar zou dat nou betekenen dat je verliefd op

iemand was? Misschien maakte Angelina zich voor niets druk en was de kaart van Chantal alleen maar vriendschappelijk bedoeld.

Beneden klonken stemmen en even later hoorde ze haar moeder roepen:

'Toekie! Kom eens gauw kijken wie er is!'

Toekie rende haar kamer uit, maar halverwege de trap remde ze af. Beneden stond haar moeder met Johannus.

'Verrassing! Hij is wat eerder gekomen.'

'Dag!' Johannus lachte naar haar.

Toekie zag door zijn dikke brillenglazen hoe hij zijn ogen samenkneep om beter te kunnen zien. In zijn ene hand hield hij een plastic tas die uitpuilde van de kranten en tijdschriften en in zijn andere een roze plastic mand die vol zat met kleding. Johannus was wiskundige en besteedde zijn hele leven aan de wetenschap. Hij

Tips voor het schrijven van een liefdesbrief

1. Een liefdesbrief moet geen reclame zijn voor jezelf, schrijf dus vooral over de ander. De verleiding is misschien groot om over jezelf te schrijven dat je zo leuk bent en zo vreselijk aardig en dat je echt iemand bent om verliefd op te worden, maar de kans dat de ander gaat overgeven als hij dat allemaal leest, is groot.

2. Wees jezelf en zorg dat de brief persoonlijk is, zodat degene aan wie je hem richt, ziet dat de brief speciaal voor hem of haar is geschreven. Schrijf er dingen in die alleen op hem/haar kunnen slaan.

3. In een liefdesbrief kun je niet vleiend genoeg zijn over de ander, dus strooi met complimentjes: Je bent zo knap! Je ziet er altijd zo leuk uit! Je bent vast de populairste jongen (meisje) van de school! Etcetera.

4. Houd de toon van de brief vriendelijk, zeg bijvoorbeeld geen vervelende dingen over je concurrenten. Dus niet: Die Angelina is toch zo'n muts! Zeg ook niets onaardigs over anderen als je daarmee wil laten merken hoe leuk je degene vindt

aan wie je schrijft. Bijvoorbeeld: Ik vind jou veel leuker dan Gijs, want die heeft zulke gekke voeten en bovendien stinkt hij uit zijn bek.

5. Houd het netjes. Zeg niet zoiets als: Wat heb je toch een lekker kontje! Want dan is het net of je alleen maar op zijn (haar) uiterlijk valt. Iemand wil vooral gewaardeerd worden om hoe hij (zij) is.

6. Probeer een mooie brief te schrijven, vermijd taalfouten en zorg dat de brief er ook mooi uitziet. Het moet een plezier zijn je liefdesbrief te ontvangen.

7. Je kunt er een beetje parfum op spuiten, maar niet te veel.

8. Je mag de brief best versieren, maar zorg ook daarbij dat het stijlvol is. Hartjes mag.

9. Als je het kunt, mag je best wat humor in de brief zetten. Het best is een beetje zelfspot. Vooral geen grapjes maken over de ander, want het kan zijn dat hij (zij) denkt dat je hem (haar) belachelijk probeert te maken. Dus niet: Ik moest zo lachen toen ik je voorbij zag rijden op dat veel te kleine fietsje!

10. Je mag best een paar keer herhalen hoe leuk, mooi, lief, knap, stoer, slim, sexy je iemand vindt. Het mooiste is het als je dat steeds in andere bewoordingen zegt. Mensen kunnen niet genoeg krijgen van complimentjes.

11. Overdrijf niet!

12. Je mag best een klein cadeautje met de brief meesturen, maar het mag niet te duur zijn, want de ander moet zich niet bezwaard voelen. Dus geen diamanten ring, dat is in deze fase echt te dol. Dan heb je kans dat je de ander juist afschrikt en dat diegene denkt: ik zeg maar meteen dat ik de afzender niet zie zitten, voor ik straks niet meer terug kan. Je moet de liefde laten groeien.

13. Houd er rekening mee wat voor iemand degene is aan wie je de brief stuurt. Aan een jongen kun je beter geen roze, geparfumeerde brief sturen. Ook hierbij moet je niet denken aan wat je zelf leuk vindt, maar aan wat de ander leuk zou vinden.

was niet getrouwd en had ook geen vriendin. Volgens Toekies moeder had hij er zelfs nooit een gehad, hoewel hij toch al drieënveertig was. Toekie vond Johannus wel aardig, maar er was niet veel met hem te beleven, tenzij je het leuk vond om de hele dag rekensommetjes te doen.

'Dag, Johannus!' Toekie liep de trap af en gaf hem een zoen.

'Thee?' vroeg Toekies moeder.

'Lekker,' zei Johannus.

'Ik ga naar Wouter,' zei Toekie.

'Kom je op tijd terug?' riep haar moeder haar na.

'Ken je het programma Puberruil?' vroeg Toekie even later aan Wouter.

Hij zat aandachtig naar zijn computerscherm te turen.

'Ja. Hoezo?'

'Wat vind je ervan als wij dat doen.'

'Op tv?'

'Nee, in het echt. Ik bij jou en jij bij mij.'

Wouter keek haar verbaasd aan. 'Waarvoor?'

'Zomaar! Het kan voor jou heel interessant zijn, want bij mij in huis zit een wiskundige.'

'Johannus!' riep Wouter lachend. 'Te gek!'

'Nou? Doe je het?'

Wouter schudde zijn hoofd. 'Sorry, geen tijd! Ik ga het uitmaken met Frieda Fantasia! Het is me te virtueel, als je begrijpt wat ik bedoel.'

Toekie knikte. 'Je bedoelt dat het nep is, dat ze niet echt bestaat. Ik zou er ook geen zin in hebben. Hoewel... Dan was ik misschien niet zo ziek van verliefdheid.' Ze stond op. 'Jammer dat je niet wilt ruilen. Dan ga ik maar weer.'

Wouter keek haar verbaasd aan. 'Kwam je alleen daarvoor?'

Toekie knikte.

'Ik had geen zin om thee te drinken met Johannus en mijn moeder. Weet je hoe dat gaat?'

Wouter schudde zijn hoofd.

'Mijn moeder praat en Johannus knikt. En je ziet aan zijn gezicht dat hij niet luistert. Hij luistert nooit naar iemand. Hij zit met zijn neus in zijn boeken of hij denkt na over een of andere ingewikkeld wiskundig probleem.'

'Fijn toch!'

'Helemaal niet fijn toch! Het is oersaai!'

'Laat Johannus lekker nadenken, dan kun jij je gang gaan.'

Toekie dacht even na. 'Bedoel je dat ik me niets van Johannus hoef aan te trekken?'

'Precies!'

'Maar hij moet juist op me passen! Ook zoiets stoms!'

Wouter grinnikte. 'Laat hem lekker in de waan dat hij oppast, maar doe intussen fijn wat je wilt. Hij gelooft je vast. Weet hij veel wat kinderen van onze leeftijd doen!'

'Hmm. Misschien heb je gelijk. In dat geval zou het

nog wel eens een leuke tijd kunnen worden. Bedankt! Je hebt me weer helemaal opgepept!'

'Geen dank! *See ye!*'

'Later!'

De volgende dag vertrok Toekies moeder naar Brazilië. Ze had zo veel bagage bij zich dat ze maanden weg kon blijven. Het miezerde, maar ze had toch een zonnehoed op haar hoofd. De roze en gele linten die eraan zaten, hingen slap door het vocht en plakten als dode palingen aan haar gezicht.

'Veel plezier, hè!' Toekie gaf haar moeder een zoen. 'Stap nou maar gauw in de taxi voor je kouvat en thuis moet blijven!' Samen met Johannus zwaaide ze haar uit.

'Jullie ook!' riep Toekies moeder door het naar beneden gedraaide raampje van de taxi, die al bijna de straat uit was.

'Brazilië!' mompelde Johannus terwijl ze weer naar binnen liepen. 'Ik moet er niet aan denken! Wat een tijdverlies je hebt met zo'n lange reis om vervolgens te barsten van de hitte.'

Toekie lachte. 'Iedereen zijn plezier, Johannus. Jij je wiskundesommetje en mijn moeder haar man in een heet land.'

'En jij?' vroeg Johannus.

'Ik ben bezig met een interessant experiment. Het is nog geheim, maar het heeft te maken met de liefde.'

'De liefde?' herhaalde Johannus. Hij sprak het woord

uit alsof het de eerste keer was en trok daarbij een zuinig mondje. 'Hmm. Wat zal ik daar eens over zeggen?'

Toekie moest erom lachen. Meteen dacht ze dat het een leuke uitdaging zou zijn om te zien of ze Johannus aan een vriendin kon helpen. Ze moest daar nog maar eens goed over nadenken. Ze keek op haar horloge. 'Ik moet opschieten, anders kom ik te laat op school.'

Toen ze het schoolplein naderde, zag ze een heleboel kinderen bij elkaar staan. Er was iets aan de hand! Zo snel ze kon fietste Toekie ernaartoe. Ze zette haar fiets tegen een hek en drong zich tussen de andere kinderen naar voren. Midden in de cirkel was Richter in gevecht met Freek. Er vielen rake klappen.

'Hier! Deze is voor jou!' Richter gaf een stomp tegen Freeks kaak.

Freek sloeg terug. Richter dreigde achterover te vallen, maar hij herstelde zich en gaf Freek een enorme beuk in zijn maag. Freek kromp in elkaar.

'Wat is hier aan de hand?' vroeg Toekie geschrokken aan Wouter.

'Richter is boos op Freek om hoe hij gisteren tegen Angelina deed.'

'Maar het was toch nep!'

Wouter knikte. 'Dat weet Richter niet! Toen ik het hem wilde vertellen, was het al te laat. Toen had hij Freek al een optater verkocht. Freek sloeg natuurlijk terug en voor ik het wist lagen ze over het schoolplein te rollebollen.'

Toekie zag hoe Freek weer uithaalde en Richter een klap op zijn oog gaf.

'Au!' riep Richter. Hij voelde aan zijn oog.

'We moeten ze stoppen!' zei Toekie. 'Freek is veel sterker dan Richter.' Ze wilde naar voren lopen, maar Wouter hield haar tegen.

'Niet doen! Dit is toch precies wat we wilden? Hij is een beetje laat, maar Richter is wel degene van de twee die reageert, dus als jurylid zeg ik dat hij het onderdeel *stoer* wint. Mees is in geen velden of wegen te bekennen. Ik...' Hij stopte met praten want er klonk een dof geluid, alsof er een zak aardappels uit de lucht viel. Freek was door Richter tegen de grond geslagen en bleef bewusteloos liggen.

Richter keek naar zijn slachtoffer, glimlachte trots en zei, terwijl hij zich in zijn handen wreef: 'Zo, van hem zullen we voorlopig geen last meer hebben.' Met vooruitgestoken borst stapte hij op Toekie af om vervolgens samen met haar de school in te lopen.

'Dit onderdeel is met glans door Richter gewonnen,' fluisterde Wouter toen hij achter haar in de klas zat. 'Ik maak er een aantekening van. Nog twee onderdelen te gaan. Als Mees niet beter zijn best doet, is zijn kans op een overwinning verkeken.'

Toekie knikte. Maar of ze zo blij was met de uitkomst die slecht dreigde uit te vallen voor Mees, wist ze zo net

Recept voor liefdesdrank

Als je dit drankje aan je geliefde geeft, wordt hij/zij stapelverliefd op jou.

Benodigdheden:

250 g rietsuiker
1 sinaasappelschil
1 stukje pijpkaneel
3 kruidnagelen
1 doosje frambozen
2 glazen brandewijn
2 glazen water

Water met suiker koken tot het een stroperige massa is. Frambozen en sinaasappelschil toevoegen en zacht mee laten koken. Kaneel en kruidnagel erdoorheen roeren en dan de brandewijn. Een paar dagen laten trekken op een donkere, koele plaats (ijskast).

Gezeefd schenken in een klein glaasje. Pas op: er zit alcohol in deze drank, dus als je geliefde onder de achttien is, mag je het niet schenken (en er ook niet van drinken als je zelf jonger bent dan 18).

Een ander recept is
in dat geval beter:
(uit: *Hoe tover ik
mijn vriendje terug*)

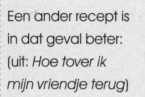

1 handje talkpoeder
5 druppels rozenolie
5 druppels sandelhout
5 druppels lavendel
3 druppels jasmijn
½ theelepel kardemompoeder
½ theelepel piment

Meng dit met een beetje mine-
raalwater. Doe het in een potje
of flesje en denk aan degene
van wie je wilt dat hij (of zij) verliefd op je wordt. Doe een beetje van de drank op de kleren of
andere bezittingen van je geliefde. Het beste is op zijn/haar
lichaam. Succes!

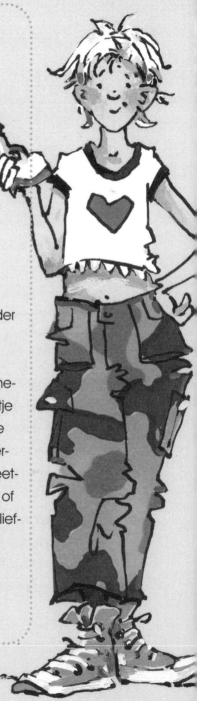

nog niet. Richter werd belaagd door de geitenkolonie die hem toehinnikte alsof hij de winnaar was van de wereldkampioenschappen boksen voor zwaargewichten. Het meest irritante was dat hij zich die aandacht ook nog liet welgevallen en totaal geen oog meer had voor haar.

Na school kwamen Gwen en Wouter bij Toekie op bezoek.
Johannus was naar een bijeenkomst van wiskundigen in Apeldoorn.
'Lekker rustig!' zei Toekie terwijl ze de ijskast opentrok. Haar moeder had hem tot de nok toe gevuld met voedsel. 'Zin in een tacootje? Ik kan ook een pizza voor jullie bakken of...' Ze trok een vriesla open en pakte er een stijfbevroren cake uit en hield hem op. 'Koekje bij de thee?'
'Doe mij maar van alles wat,' zei Wouter.
Gwen knikte. 'Ik ook.'
'Dan weet ik het goed gemaakt. We slaan het tacootje over en nemen een pizza met een plakje cake toe. Heb ik meteen mijn avondeten gehad, want ik ben bang dat Johannus laat thuiskomt.'
Toen de pizza's in de oven stonden, zei Wouter: 'Dan open ik nu de vergadering! We moeten het hebben over het derde onderdeel van de wedstrijd, namelijk de test die moet bepalen wie van de twee kandidaten het liefst is.'
'Hoe gaan we dat aanpakken?' vroeg Toekie.

'Daar heb ik over nagedacht,' antwoordde Wouter. 'Luister goed!'

Toekie en Gwen keken Wouter vol spanning aan.

'Ze moeten een gedicht schrijven, een liefdesgedicht om precies te zijn.'

Toekies gezicht betrok. 'En als ze het niet willen?'

'Ze willen het wel,' antwoordde Wouter. 'Ik ga ze meteen mailen. Kan ik even gebruikmaken van je computer?'

'Ga je gang!' zei Toekie. 'Loop maar naar boven.' Toen Wouter halverwege de trap was, riep ze hem na: 'Wat ga je eigenlijk schrijven?'

'Dat is helaas nog even geheim. Sorry, als je wilt dat ik je help, moet je me maar vertrouwen.' Hij liep verder de trap op en bleef een hele tijd weg.

'Ik zou hem niet vertrouwen,' zei Gwen. Ze had haar benen over de rand van een stoel gelegd en haalde met haar vinger het zout uit een bakje waarin chips had gezeten.

'Waarom niet?' vroeg Toekie.

'Omdat Wouter dingen verzint die niemand anders verzint en daarbij vergeet dat normale mensen hem niet altijd begrijpen. Soms verslijten ze hem voor gek. Snap je?'

'Nee.'

'Omdat Wouter soms gekke dingen verzint.'

'Nou en?'

Gwen haalde haar schouders op. 'Ik waarschuw je alleen maar.'

Toekie sprong op en rende naar boven. Net op tijd om de mail aan Richter te kunnen lezen.

'Wacht!' riep ze.

Wouter wees naar het scherm. 'Ik stuur de mail vanuit mijn eigen webmail, hoor.'

Van: Wouter
Aan: Richter
Verzonden: do 15-2-2007 17:05
Onderwerp: probleem

Hi Richter,

Ik heb een klein probleempje: ik moet een brief schrijven aan een meisje dat ik heel erg leuk vind, maar ik ben daar niet zo goed in. Kun jij mij helpen? Het moet een liefdesgedicht worden. Ik geloof dat jij heel goed bent in die dingen. Het is wel geheim, dus spreek er met niemand over.

Wouter

'Onwijs goed idee!' riep Toekie.

Wouter knikte en stuurde Mees dezelfde vraag. 'Nu maar duimen dat ze reageren. Zodra ik antwoord heb, laat ik je het weten. Ik moet er nu als een haas vandoor.'

'En je pizza dan?' riep Toekie hem na.

Halverwege de trap riep Wouter terug: 'Bewaar maar!

Of neem hem mee naar school morgen. Zodra ik wat hoor van Richter of Mees geef ik een seintje.'

De rest van de middag besteedden Toekie en Gwen aan nietsdoen.

'Ik ben doodmoe!' verzuchtte Toekie toen Gwen tegen zessen zei dat ze naar huis moest.

'Ik ook,' zei Gwen. Ze geeuwde. 'Ik wist niet dat nietsdoen zo vermoeiend was. Nou doei! Zie joe leter, allegetur!'

'Ja, jij ook de groeten aan je moeder!' zei Toekie en sloot de deur.

Pas 's avonds hoorde ze wat van Wouter. Hij was op msn.

The Master of Disaster zegt:
Mees heeft geantwoord. Hij heeft een gedicht gestuurd. Het gaat zo:

Ik zag je op het schoolplein staan.
Je had zo'n leuk vestje aan.
Met bloemetjes erop,
maar ik zag geen bijtjes.
Wil jij mijn vriendinnetje zijn?
Ik zoem dan in je oor:
Nu zijn we met z'n beidjes.

Wel leuk hè? Ik geef hem 8 punten.

Teckel zegt:
Ja, heel leuk. 8 punten is oké. Nog geen bericht van Richter?

The Master of Disaster zegt:
Nop!

Teckel zegt:
trusten dan

The Master of Disaster zegt:
<3 Love is in the air!

Toekie sloot de computer af en pakte haar dagboek, dat ver onder haar bed verstopt lag. Liggend op bed begon ze te schrijven.

Lieve Philippine,

Van verliefd zijn val je af, heb ik ergens gelezen. Betekent het dat als je dubbel-verliefd bent, je dan ook dubbel afvalt? Ik merk het wel. Als er alleen nog een geraamte van me over is, weet je hoe het komt! Ik weet nog steeds niet wie van de twee ik zal kiezen. Richter heeft twee onderdelen gewonnen: bij het onderdeel slim had hij 3 antwoorden goed, tegen Mees maar 2 en het onderdeel stoer heeft Richter ook gewonnen. 2-0 voor Richter dus. Tot nu toe heeft Mees alleen een mooi gedicht gestuurd voor het onderdeel lief, maar wie weet wat Richter nog stuurt.

Ik word er wel zenuwachtig van, zenuwachtiger dan ik al was. Het is ook zó spannend, zo'n wedstrijd.

Morgen ga ik maar eens een plannetje maken om Johannus aan een vriendin te helpen, dat leidt lekker af. Ik weet nu al aan welke voorwaarden ze moet voldoen, want anders is hij niet geïnteresseerd:

Ze moet

- van rekenen houden

- van saaie mannen houden

- liefst in het bezit zijn van een blindengeleidehond, want Johannus is zo kippig als wat.

Waar vind je zo iemand? Daar moet ik nog maar eens goed over nadenken.

Nu ga ik slapen. Trusten!

XXX 2Kie

Toekie gooide Philippine weer op het veilige plaatsje onder het bed, kroop onder haar dekbed en deed het licht uit. Al snel viel ze in een diepe slaap en droomde van Cupido die als een gek pijlen aan het rond schieten was op de harten van iedereen die hij maar zag. Iedereen werd verliefd op iedereen. Het werd één grote chaos. Zwetend en met een schreeuw schrok Toekie wakker. Ze knipte het licht aan en staarde naar een kale plek op de muur naast een poster van een grote gorilla, die ze van Kim voor haar verjaardag had gekregen. De gorilla staarde haar aan met zijn grote ogen. Even leek het of zijn mond bewoog en Toekie hem hoorde zeggen: 'Dat krijg

Valentijnsdag

Op 14 februari is het Valentijnsdag. De uitgelezen gelegenheid om de jongen of het meisje van je dromen te verrassen. Hier volgen enkele ideetjes.

Stuur een:
kaart,
bosje bloemen,
taart,
suikerhart.
Of stuur een liedje via je mobiel.

Je kunt haar/hem ook uitnodigen om ergens naartoe te komen en je geliefde daar te verrassen met bloemen, een taart of suikerhart. Of als je muzikaal bent met een lied of prachtig gitaarspel.

De meeste kans om je liefde beantwoord te krijgen, heb je als je iets origineels verzint: een ritje op een kameel en vervolgens een theesessie in een bedoeïnentent die je van tevoren in het park hebt opgezet. Of je laat je geliefde ophalen door een van je vrienden en wacht haar/hem op in je tent. Dan ben je natuurlijk wel verkleed als Arabier of anders als buikdanseres.

Als je je geliefde het gevoel geeft dat hij/zij speciaal is, zal hij/zij je eerder bewonderen en je liefde beantwoorden.

je er nou van als je de hele dag met liefde bezig bent!'

Het hielp dat ze dacht dat hij dat zei, want ze werd meteen rustig en liet zich weer achterover in het kussen vallen. Opeens schoot als een lichtflits een gedachte door haar hoofd: juffrouw Van der Broek! Ilse van der Broek, de wiskundelerares! Zij was ongetrouwd en precies het type voor Johannus, want ze was even saai. Maar één keer had Toekie haar zien lachen en dat was toen Wouter als enige van de klas een heel moeilijke som snapte. En ze droeg ook een bril. Konden ze mooi samen kippig zijn en later misschien twee honden nemen. Hadden die dieren het ook een beetje gezellig met elkaar. Ja, zij was geknipt als vriendin voor Johannus!

Tevreden knipte Toekie het licht weer uit. Was die liefdesnachtmerrie toch nog ergens goed voor!

'Ilse van der Broek verliefd op Johannus!' riep Wouter verbaasd toen Toekie hem de volgende dag van haar plan vertelde. 'Of we nog niet genoeg te doen hebben met die wedstrijd tussen Richter en Mees. Ik lijk zo langzamerhand wel een huwelijksbureau.'

'Het enige wat we hoeven te doen is haar naar een plek lokken waar Johannus ook is,' zei Toekie. 'De rest doen ze zelf wel. Ik weet zeker dat het liefde op het eerste gezicht wordt tussen die twee. Ze zijn voor elkaar geschapen! Kijk maar!'

Aan het andere eind van de gang zagen ze Ilse aankomen lopen. Ze zag er weer even saai uit als altijd met dat grijze jasje en die te lange bruingeruite rok. Het enige leuke aan haar was haar bril met een felgroen montuur. Ze knikte toen ze langskwam.

'Goedemorgen juffrouw Van der Broek!' riepen Toekie en Wouter in koor.

Ze stopte.

'Goedemorgen, kinderen.'

Er verscheen zowaar een piepklein lachje op haar gezicht, heel klein maar. Vast omdat Wouter haar lievelingetje was.

'Wouter heeft een probleem,' zei Toekie opeens.

Wouter keek verbaasd opzij.

'Met wiskunde.'

'Ik?' zei Wouter.

Juffrouw Van der Broek legde haar hand op Wouters arm. 'Ik wil je er graag bij helpen. Heb je na school tijd?'

'Ja!' riep Toekie. 'Maar alleen bij hem thuis, want… eh… want hij verwacht een belangrijk telefoontje.'

'Bij mij?' riep Wouter. 'En ik verwacht helemaal…'

Toekie gaf hem een zet met haar elleboog.

Juffrouw Van der Broek antwoordde: 'Dat komt misschien wel goed uit, want ik moet daar vanmiddag toch in de buurt zijn. Vier uur? Is dat goed?'

Wouter staarde haar aan. 'Maar ik…'

'Ja, dat is goed,' zei Toekie. Ze pakte Wouter bij zijn arm en trok hem mee de klas in waar ze terechtkwamen in een kluwen van kinderen die nog geen zin hadden om naar hun plaats te gaan.

'Lekker dier ben jij,' zei Wouter toen ze zich door de massa naar hun plaats hadden weten te wurmen. 'Zit ik met dat mens opgescheept.'

Toekie draaide zich om. 'Het is voor een goed doel, Wouter. En jij zit straks niet met haar opgescheept. Ik zorg dat Johannus er zit. *Love is in the air*, weet je nog?'

Wouter grinnikte. 'Ik snap het! Misschien kunnen we ze een handje helpen: romantische muziek erbij, lekker flesje wijn… O, voor ik het vergeet…' Hij schoof een opgevouwen vel papier Toekies kant op. 'Richter heeft gereageerd op mijn oproep. Ik heb de liefdesbrief even voor je uitgeprint. Ik weet alleen niet of ik hem er veel punten voor kan geven. Het komt me namelijk nogal bekend voor.'

Toekie pakte het papier aan en las:

Rozen verwelken
schepen vergaan
Maar onze liefde
blijf altijd bestaan.

'Dat versje is zo oud als de weg naar Rome,' zei Toekie. 'Hij heeft er wel een eigen interpretatie aan gegeven, want het is blóémen vergaan en niet schepen. En er zit een taalfout in. Het is blijft, met een t.'

'Ik geef hem 6 punten voor de moeite,' zei Wouter beslist. 'Dus Mees heeft dit onderdeel gewonnen. De stand is nu 2-1 voor Richter.'

'En als Mees het volgende onderdeel wint?' vroeg Toekie.

'Dan staan ze gelijk.'

'Dan ben ik net zo ver als ik nu ben,' verzuchtte Toekie.

'We kunnen altijd nog een extra ronde verzinnen,' zei Wouter. 'Maar laten we eerst afwachten hoe het gaat met het onderdeel *sexy*.'

Toekie dacht even na. Zoals het er nu voor stond, kon Mees nooit meer winnen. Dus moest ze Richter kiezen of allebei of geen van tweeën. Maar de gedachte om als ze 's ochtends op school kwam, niet meer naar hen uit te mogen kijken, was ook niet leuk. Die zenuwen waren vervelend, maar het gaf het leven ook iets spannends. Misschien was ze gedoemd om voor altijd op twee jongens tegelijk verliefd te zijn. Ja, misschien had ze die onzekerheid en die spanning wel nodig. Ze wilde er iets over tegen Wouter zeggen, die inmiddels op zijn plaats achter haar was gaan zitten, maar de meester kwam binnen denderen. Dat was meestal een teken dat hij een slecht humeur had en dan was het oppassen geblazen.

'Iedereen mond dicht!' bulderde hij. 'Alles van tafel! Jullie krijgen een opstel.'

Er klonken verschillende protesten:

'Maar…'

'Nee, toch!'

'Daar wisten wij niets van.'

Meester sloeg hard met zijn hand op zijn tafel. 'Wie

zijn mond nu nog open doet, krijgt een één.'

Richter stak zijn vinger op.

'Waag het niet om iets te zeggen!' waarschuwde meester. Hij begon blaadjes uit te delen en negeerde Richter. Uiteindelijk gaf Richter het maar op en staarde met een boos gezicht naar zijn lege blaadje. Toekie was altijd goed in opstellen, de verhalen vloeiden vanzelf uit haar pen, maar deze keer wist ze niets te verzinnen. Kwam het omdat haar hoofd vol zat met de liefde?

Het onderwerp was ook zo vreemd. Wat moest je nou opschrijven over *de zee?* Dat was met al die liefdesperikelen van de laatste tijd wel het laatste waar ze aan dacht. Om haar heen was iedereen, behalve Richter, druk aan het schrijven. Ze keek naar de klok: al tien minuten voorbij! Als ze niet opschoot, was de les voorbij en had ze niets. Dan kon ze net zo goed nu haar mond opendoen en iets vreselijks zeggen, want dan kreeg ze hetzelfde cijfer. Ze dacht koortsachtig na. Opeens wist ze iets. Boven aan het papier zette ze: 'Golven' en begon te schrijven.

Op een dag gingen mijn zus en ik naar het strand. Ik was vijf en mijn zus was acht. Het was een prachtige zomerdag; warm, maar met een licht zeebriesje dat voelde alsof iemand af en toe een ijskast openzette. Mijn moeder installeerde zich op een plek niet ver van het water, zodat ze ons in de gaten kon houden als we heen en weer renden met onze emmertjes om de pas gegraven kuil vol te

Zomaar wat weetjes over de liefde

– Voor de Oude Grieken was liefde het uitwisselen van sandalen.

– Koning Henry II at artisjokken als hij verliefd was.

– Jonge Cheyennekrijgers (indianen) speelden op een speciale liefdesfluit om het meisje van hun dromen te verleiden.

– Ooit was een eenzame eland zo verliefd op een koe dat hij maanden rond de stal bleef zwerven.

– Liefde smaakt naar chocola!

– Een rode roos is het symbool van de liefde.

– Verliefdheid is het beste dieet dat er is.

– Bij de x-jes die het symbool voorstellen van kusjes, staan de kruisende lijnen voor de lippen die elkaar raken.

– Als je echt wilt weten wat hij voor je voelt, kijk dan diep in zijn ogen. Als zijn pupillen zich verwijden, vindt hij je aantrekkelijk.

– Wil je weten of de jongen (of het meisje) op wie je
verliefd bent, na het eerste uitje nóg een keer met
je op stap wil? Doe dan iets met je lichaam (benen
over elkaar slaan, ellebogen op tafel, aan je kin
krabbelen) en kijk of hij (zij) je nadoet. Onderzoek
heeft aangetoond dat mensen die elkaar leuk vinden, elkaars gedrag nadoen.

– Maar pas op! Als een jongen zijn neus aanraakt terwijl hij zegt dat hij je zal mailen, dan jokt hij waarschijnlijk.

– In het zestiende-eeuwse Engeland betekende het
woord flirten letterlijk 'iemand een klap verkopen'.

– Heb je geen geld voor een rode roos, geef je
geliefde dan een nectarine. Ze behoren tot dezelfde plantenfamilie en geuren ook hetzelfde.

– Een os voor iemands deur achterlaten is in sommige
culturen het teken dat je verliefd op hem (haar) bent.

– Mensen houden altijd graag een beetje afstand
van elkaar. Hoe dichter hij (zij) bij je komt staan of
zitten, hoe leuker hij (zij) je vindt, want dat betekent
dat hij zijn persoonlijke ruimte opgeeft.

– In het Oude Egypte bestond het symbool voor de
liefde uit drie dingen: een schoffel, een mond en
een man met een hand in zijn mond. Waarschijnlijk
betekende dit: willen, kiezen en hongerig zijn.

– Jaarlijks worden op 14 februari meer dan 1 miljard
valentijnskaartjes verstuurd.

– Geheimtaal:
Met een waaier kun je geheime liefdesboodschap-
pen doorgeven: houd je de waaier open, dan
betekent het dat de kans bestaat dat je verliefd
wordt op je bewonderaar. Een half open waaier
betekent dat je alleen vriendschap wilt. Een dichte
waaier wil zeggen dat je niets in hem ziet.

– Gebarentaal:
Ik houd van jou:
1. Wijs naar jezelf.
2. Kruis je vuisten voor je borst.
3. Wijs naar de ander.

– Eeuwenlang werden liefdesbrieven met een voe-
tenkus beëindigd. Je tekende dan met QBSP (que
besa sus pies), wat Spaans is voor: degene die je
voeten kust.

– Volgens het *Guinness Book of Records* duurde de langste ononderbroken kus 30 uur, 59 minuten en 27 seconden.

gieten. Dat was onbegonnen werk, want het water zakte meteen in het zand weg, maar dat hadden we pas na een tijdje door. Mijn zusje begon te huilen en smeet het emmertje boos weg. Ze wilde niet meer spelen en kroop achter mijn moeders vouwstoeltje weg met een gevulde koek en een pakje chocolademelk.

Teleurgesteld liep ik met mijn emmertje naar de zee om toch weer water te gaan halen. Ik ben namelijk nogal een volhouder. Bij de zee stond een jongetje van dezelfde leeftijd als ik. Hij had blonde krullen en een ernstig gezichtje. Ik vond dat hij leek op het zilveren engeltje dat wij met Kerstmis in de boom hingen en ik was op slag verliefd. Ik wilde iets tegen hem zeggen, maar ik wist niet wat en gaf hem mijn emmertje en wees naar het water. Hij begreep meteen wat ik bedoelde en pakte het emmertje aan. In plaats van een paar stapjes naar voren te doen en het emmertje te vullen, liep hij regelrecht de zee in, steeds verder en verder. Ik zag hoe het water eerst tot zijn knietjes kwam, tot zijn broekje en toen stond hij opeens tot zijn middel in de zee. Ik vond het heel stoer dat hij dat durfde. Ik dacht: nu zal hij het emmertje wel gaan vullen en terugkomen, maar hij draaide zich om en keek naar me. Opeens kwam er een grote golf aan en verdween zijn lieve engelenhoofdje in de wilde schuimende watermassa. Weg was hij! Overal waren mensen met iets bezig: een kuil graven, met een bal spelen of ze zaten gewoon wat om zich heen te kijken. Het leek wel of niemand had gezien wat er was gebeurd, ook niet zijn moeder of iemand anders die op hem hoorde te passen. Ik snapte er helemaal niets van en begon te twijfelen of het wel echt was gebeurd. Ik keek naar beneden, want er spoelde iets aan. Het was het emmertje. Ik wachtte nog even of het jongetje ook zou aanspoelen, maar dat gebeurde niet. Toen pakte ik mijn emmertje op en liep terug naar mijn moeder en mijn zusje. Daarna ben ik gestopt met het vullen van de kuil. Ik ben gaan zitten en heb heel lang naar de golven gekeken in de hoop dat ik het lieve jongetje zou zien.

Elke keer als ik naar het strand ga en de eindeloos lijkende zee zie, voel ik telkens dezelfde verliefdheid als ik had als vijfjarige voor dat mooie blonde jongetje. En dan kijk ik toch telkens wéér of ik zijn engelenkopje tussen de golven zie opdoemen. Tot nu toe is dat niet gebeurd. Het zal wel bij een droom blijven.

Toekie pakte haar blaadje op en liep naar de tafel van de meester. 'Alstublieft!'

Meester keek op. 'Je bent de eerste. Mooi! Ga maar even een luchtje scheppen of zoiets.'

Jaloers nagekeken door de rest van de klas verliet Toekie het lokaal.

Haar voetstappen weerklonken in de betegelde gang. Op de klok die aan de muur boven de buitendeur hing, zag Toekie dat het nog een kwartier duurde voor de bel zou gaan. Ze duwde de koperen deurknop naar beneden en deed de zware eikenhouten deur open. Buiten scheen

een mager zonnetje over het verlaten schoolplein, dat over een kwartier gevuld zou zijn met joelende en door elkaar krioelende kinderen. Aan de overkant van het plein, bij het hek dat de speelplaats van de kleuters afscheidde, stond Angelina altijd met haar geiten te giechelen en de jongens van de school te taxeren en links werd elke pauze door een groepje gevoetbald. Gek dat er nu helemaal niemand was.

Rechts naast een oude boom was een muurtje waar ze in de pauze vaak met Wouter zat. Ze schrok toen ze Mees er zag zitten.

'Hé, wat doe jij hier?' Toekie ging naast hem zitten.

'Ik ben eruit gestuurd.'

'Waarom?'

Mees haalde zijn schouders op. 'Ik zat te praten.'

'Is dat alles?'

Mees knikte. 'Ik moet me eigenlijk melden bij de directeur.'

'Waarom doe je dat dan niet?'

Hij haalde weer zijn schouders op. 'Nog geen zin. Ik ben me geestelijk aan het voorbereiden. En jij?'

'Ik mocht weg omdat ik klaar was met mijn opstel.'

Mees lachte. Toekie voelde een siddering door haar lichaam gaan, helemaal tot aan de puntjes van haar tenen. Ze keek naar haar rechterhand die op het muurtje steunde vlak naast die van Mees. Hun pinken waren maar een halve centimeter van elkaar verwijderd, misschien nog minder. Mees had stoere handen, echt jongenshanden.

Ze zag dat er een gat zat in zijn spijkerbroek precies boven op de spier van zijn bovenbeen. Mees trommelde zachtjes met zijn vingers. Toekie keek opzij. Mees lachte weer. Die siddering van daarnet kwam in alle hevigheid terug. Mees boog zijn hoofd een stukje naar haar toe. Toekies maag trok samen en zorgde voor een vreemde sensatie in haar buik. Ze deed haar ogen dicht en opeens voelde ze zijn zachte warme mond op die van haar en toen een tong die langs haar lippen streek en sabbelende bewegingen begon te maken. Het was hetzelfde gevoel als toen het jonge poesje, dat ze op vakantie in de Ardennen hadden gevonden, aan de binnenkant van haar onderarm zoog omdat hij hoopte dat Toekie zijn moeder was. Ze voelde de huid van Mees' gezicht tegen die van haar en rook de geur van de shampoo waarmee hij zijn haar had gewassen. Ik ben verliefd dacht ze en voelde hoe ze helemaal slap werd. Nog even en ze viel van het muurtje.

'Ahum!' hoorde ze.

Toekie keek om, recht in het gezicht van Richter. Hij keek geschrokken. 'Ik heb een één!'

Toekie haalde diep adem. Het duurde even voor de betekenis van zijn woorden tot haar doordrong. 'Echt? Balen zeg!'

Richter knikte en zei stoer: 'Maakt niet uit. Ik wist toch niets te schrijven. Ik ben blij dat ik weg mocht.' Hij wende zijn hoofd af.

Mees sprong van het muurtje. 'Ik moet naar de directeur voor de bel gaat. Dag!'

'Dag!' zei Toekie.

'Later!' zei Richter. Hij liep naar het muurtje en ging op de plaats van Mees zitten.

Het was gek om nu opeens in het gezicht van Richter te kijken. Wat er ook gebeurde, Richter had altijd een grappige twinkeling in zijn ogen. Niets leek hem uit zijn humeur te brengen. In zijn nabijheid werd je vanzelf vrolijk.

'Is het uit?' vroeg Richter.

'Met wie?'

'Met ons.'

Toekie voelde dat ze een kleur kreeg. Met Richter was het voortdurend aan en dan weer uit. Ze was de tel gewoon kwijtgeraakt. 'Ik... Ik dacht dat het uit was,' stotterde ze. Het zweet brak haar uit.

Richter haalde zijn schouders op. 'Mij best.'

Toekie wist even niet wat ze moest zeggen. Ze kon nu moeilijk zeggen dat ze wilde dat het weer aan was, want Richter had haar zien zoenen met Mees. En wie wilde ze nou eigenlijk? Maar straks raakte ze Richter echt kwijt als hij verkering kreeg met een ander meisje. Misschien kreeg zij dan wel spijt. Tot nu toe lag hij voor met punten in de wedstrijd, wat bewees dat hij het beste bij haar paste.

'Mij best!' herhaalde Richter terwijl hij van het muurtje sprong. 'Later!' Hij liep in de richting van de plek waar straks gevoetbald werd.

Toekie keek hem na en zocht koortsachtig naar iets aardigs om hem na te roepen, maar de bel ging. De deur vloog open en het plein stroomde vol.

'Goed,' zei Wouter terwijl hij op het muurtje sprong en naast haar ging zitten. 'Ik heb nagedacht over het onderdeel *sexy*. Wat vind je van…?' Hij stopte. 'Hé!' Hij stootte haar aan. 'Ben ik in beeld?'
'Ja… Ja!'
'Wat kijk je lijp!'
'Ik… Het… Hij… En hij… Ik weet het niet meer.'
'Wat?'
'Wie ik moet kiezen.'
'Daar wilde ik het net met je over hebben. Alleen het onderdeel *sexy* nog en dan hebben we een winnaar. Ik weet al hoe we dat gaan aanpakken.'
Toekie keek Wouter vragend aan. 'Nou?'
Hij grijnsde zelfgenoegzaam. 'Maar eerst iets anders: heb je Johannus nog gebeld?'
Toekie keek geschrokken op haar horloge. 'Helemaal vergeten!'
'Doe het gauw, anders zit ik straks alleen met juffrouw Van der Broek.'
Toekie haalde haar mobiel uit haar zak en belde Johannus.
'We hebben een probleem,' zei ze.
Johannus schrok.
'Niets ernstigs,' zei Toekie gauw. 'Maar toch hebben we je hulp nodig. We hebben morgen een proefwerk wis-

kunde en we snappen er niets van.'

'Wie we?' vroeg Johannus.

'Ik en Wouter, of Wouter en ik, als je dat liever hebt. Wil je ons helpen?'

'Natuurlijk,' zei Johannus, opgelucht dat Toekie niet halfdood in een ziekenhuis lag of in handen was gevallen van ontvoerders voor wie hij nu miljoenen losgeld bij elkaar moest zien te krijgen.

'Kan het bij Wouter thuis?' vroeg Toekie. 'Hij eh… Hij…'

'Moet thuis blijven want er kan iets bezorgd worden,' fluisterde Wouter in Toekies andere oor.

Toekie herhaalde het voor Johannus.

'Ja… Ja, natuurlijk. Waar woont hij ook al weer?'

Toekie zei het adres. 'Half vier? Is dat goed?'

'Prima! Tot straks!'

'Dag, Johannus!'

Toekie stopte haar mobiel weer in haar zak. 'Bingo! Gelukt! Als het meezit, hebben we binnenkort een bruiloft.'

Wouter knikte. 'Als het meezit. Het kan ook tegenzitten.'

De bel ging.

Samen liepen ze de school in. Toekie keek uit naar Mees, maar ze zag hem nergens. Richter was ook in geen velden of wegen te bekennen. Ze wilde Wouter vragen wat hij precies had bedacht voor het onderdeel *sexy* van de wedstrijd, maar hij was ook verdwenen. Ze liep de klas in en baande zich een weg tussen de andere kinderen door, die stuk voor stuk een excuus hadden om niet op hun plaats te gaan zitten. Omdat ze bijvoorbeeld nog even iets tegen iemand moesten zeggen, of kauwgom in de prullenbak gooiden, of hun huiswerk overschreven of zomaar, omdat je weet dat – eenmaal op je plaats – je daar voor de rest van het uur niet meer af komt. Wouter was ook niet in de klas. Ze wilde terug naar de gang lopen, maar de meester kwam eraan met een gezicht dat net zo chagrijnig stond als die ochtend. Gauw liep Toekie terug de klas in en ging zitten.

'Naar jullie plaatsen!' bulderde meneer Batelaar.

'Ja, meneer Balenmaar!' riepen een paar kinderen.

'Waar is Wouter?'

Meneer Batelaar keek Toekie streng aan. Alsof zij zijn persoonlijk oppasser was!

'Wee-nie, meneer Balenmaar.' Het was de kunst om het zo uit te spreken dat hij het nét niet hoorde. Of twijfelde.

'Waar is Richter?' Hij keek de klas rond. Richter had blijkbaar geen persoonlijk oppasser, vond Balenmaar.

Angelina stak haar vinger op. 'Ik zag hem wegfietsen.'

'Wanneer?'

'Net. In de pauze. Hij fietste het schoolplein af.'

Het geitje naast haar stak ook haar vinger op. 'Ik zag hem ook, meneer Balenmaar.' Ze zei het te hard en te duidelijk.

'Wat zei je?'

'Dat ik hem ook zag.'

'Ik bedoel: hoe noemde je mij?'

Hoe maak ik het uit?

Verkering is leuk, maar soms valt het toch tegen. Het is heel vervelend als je de enige bent die dat denkt en je vriendje (je vriendin) nog steeds in de veronderstelling verkeert dat jullie het zo leuk hebben samen.

Hierbij wat tips voor als je het wilt uitmaken:

– Aarzel niet. Zodra je denkt dat hij (zij) niet de ware is, blijf het dan niet eindeloos rekken, maar zet er meteen een punt achter.
– Doe het niet per mail, msn of telefoon; dat is kwetsend en onaardig.
– Draai er niet omheen, maar zeg duidelijk waarom je het niet meer ziet zitten.
– Geef een duidelijke reden, maar zonder iemand te kwetsen.
– Leg niet de schuld bij je vriendje (of vriendin).
– Zeg niet: 'We kunnen altijd vrienden blijven', dit geeft de ander hoop. Als je later vrienden wordt, zal dat vanzelf wel gebeuren.
– Doe niet te lichamelijk, dus geen troostende *hugs* of kussen.
– Als je beslising je vriendje (vriendin) overvalt, kun je nog één keer met hem (haar) afspreken om er nog eens over te praten.

Maar zeg erbij dat het echt uit is.
– Spreek af in een openbare ruimte.
– Gebruik geen clichés, behalve die ene: 'de tijd
  heelt alle wonden.'

Het geitje kreeg een kop als een biet. Angelina gaf haar een stoot met haar elleboog, een beetje te hard want het meisje viel bijna uit haar stoel. 'Meneer... Ba... Ba... Batenmaar,' stotterde ze.

'Het is Batelaar!' brulde de meester.

Het geitje knikte braaf.

'Nu aan het werk!' Hij pakte een krijtje en schreef op het bord: Kwelders en uiterwaarden. 'Wat zijn dat?'

Toekies gedachten dwaalden af. Wouter weg, Richter weg! Waar konden ze zijn? En waren ze samen? Mees had ze ook niet meer gezien na het incident op het muurtje. Ze voelde aan haar wangen, ze gloeiden als hete kooltjes. Als ze haar ogen dicht deed kon ze zijn haar weer ruiken en zijn mond op de hare voelen. Meteen kreeg ze weer die gekke kriebels in haar buik. Ze dacht aan het geschrokken gezicht van Richter toen hij hen zag. Het was eigenlijk een beetje zielig voor hem. Maar het was toch uit? Of niet? Dat kreeg je nou van dat aan-en-uit-gedoe. Daar werd ze zo gek van. Misschien moest ze toch Mees maar kiezen. Jammer dat hij zo slecht scoorde op de onderdelen van de wedstrijd.

'Toekie! Kwelders en uiterwaarden!'

Ze schrok.

'Kwelders en uiterwaarden,' herhaalde meneer Balenmaar. 'Ben je bij de les of zit je te dromen? Je bent toch niet verliefd hè?'

De klas bulderde.

Toekie voelde het bloed naar haar gezicht gaan. Hoe kon

die vent dat weten? En moest je al die naar haar starende gezichten zien! Alsof ze haar gedachten konden lezen! 'Wakker worden!' riep Balenmaar. 'Verliefd zijn doe je maar in je eigen tijd!'

Weer lachte de klas. Toekie staarde naar het bord en probeerde zich te concentreren op de hand van Balenmaar die schreef: een kwelder is een begroeide buitendijkse landaanwas.

Lekker belangrijk! Haar gedachten dwaalden weer af. Richter of Mees, dat was de vraag. Wie van de twee? Waarom was ze niet als andere meisjes, die altijd op één jongen tegelijk verliefd waren. De meesten weliswaar elke week op een andere, maar het was toch makkelijker. Kiezen, dat was het probleem. Ze was er nooit goed in geweest. Als ze jarig was, wist ze ook nooit welk cadeau ze het eerst zou uitpakken en als ze moest kiezen tussen haar vader en moeder, wist ze het ook niet. Daar dacht ze de laatste tijd vaak over na, want als Kim gelijk had en haar vader zo vaak weg was omdat hij een vriendin had, zou ze dan toch voor hem kiezen? Met haar vader kon ze het beste praten (als hij thuis was tenminste), haar moeder was altijd maar bezig met die vage dingen, zoals nu met het boeddhisme en daarvoor met een of andere rare boetseercursus op muziek. Volgens haar moeder ging het daarbij meer om je creativiteit ontdekken, dan dat je er leerde om leuke potjes te maken. Maar haar moeder was wel heel lief. En zou ze haar dan in de steek laten voor een man die er met een andere vrouw vandoor ging? Ze hoopte maar dat haar ouders bij elkaar bleven. Als dat probleem was opgelost, werd het vanzelf rustiger in haar kop. Dan kwam er voor al die andere dingen vast ook een oplossing. Zomaar! Zonder dat je er een wedstrijd voor hoefde te houden.

Toen op de school de laatste bel ging, was Wouter nog niet in de klas verschenen. Richter ook niet en later bleek dat ook Mees nergens te bekennen was. Buiten haalde Toekie haar mobiel uit haar zak en belde Wouter.
'Met Wouter de kabouter.'
'Waar zit je?'
'Thuis.'
'Waarom?'
'Ik herinnerde me opeens dat het bij ons thuis een onwij-ze rommel was. Als straks juf Van der Broek en haar toe-komstige minnaar komen, moet het er wel een beetje gezellig uitzien, anders rennen ze meteen weg. Ik heb tegen de directeur gezegd dat ik me niet lekker voelde.'
Toekie zag juffrouw Van der Broek haastig langslopen in de richting van haar auto.
'Ze komt eraan!' zei Toekie. 'Zorg dat Johannus zich niet bedenkt en weggaat. Ik kom ook.' Ze rende naar de fietsenstalling en sprong op haar fiets.

Johannus zat aan de eettafel. Hij droeg dezelfde oude trui met rafelige hals waarin Toekie hem tot nu toe steeds had gezien en had een nog grotere stoppelbaard dan eerst. Niet bepaald het type waar die keurige juffrouw Van der Broek op zou vallen. Maar er was geen tijd om hem op te kalefateren. Op de grond aan beide kanten van zijn stoel stonden plastic tassen die uitpuilden met kranten en tijdschriften. Hij leek wel zo'n zwerver die zijn hele hebben en houden steeds met zich meesleepte. Het zwoele lied van de Zuid-Amerikaanse zangeres op de cd die op de achtergrond klonk, paste niet goed bij het haveloze uiterlijk van Johannus. Wouter schonk Johannus een kopje thee in, waarbij hij stiekem naar Toekie knipoogde.

'Wat is precies het probleem?' begon Johannus. Hij pakte een blocnote uit een van zijn tassen.

'Ik zal gauw mijn boek van boven halen,' zei Wouter. 'Houd jij onze bijlesleraar even gezelschap, Toekie?'

Toekie ging tegenover Johannus aan tafel zitten. 'Heb je wel eens een vriendin gehad?'

Johannus keek alsof hem werd gevraagd of hij met een raketmotor aan zijn lijf gebonden de lucht in geschoten wilde worden.

'Een vriendin?' herhaalde Toekie.

'Nou…, daar vraag je me wat… Eens denken… Nee, ik geloof niet dat ik die heb gehad.'

'Zou je er een willen hebben?'

'Dat… Dat weet ik niet… Misschien is het lastig…'

'Het is ook gezellig, want dan ben je niet meer alleen.'

Toekie begon te twijfelen of het wel zo'n goed idee was om hem aan juffrouw Van der Broek te koppelen. De

Hoe trek je de aandacht van iemand op wie je verliefd bent?

– Blijf jezelf!
– Doe normaal.
– Probeer bij hem/haar in de buurt te komen.
– Heeft hij vrienden of vriendinnen die jij ook kent, maak dan iets vaker een praatje met hen.
– Ga mee naar de film als het kan.
– Zorg dat je met hem/haar in gesprek komt.
– Stel je dan niet aan.
– Doe aardig, maar niet overdreven.
– Zorg wel dat je er altijd op je best uitziet, maar ook hier geldt: overdrijf niet.
– Sommige mensen denken dat het helpt door juist onaardig te doen. Dat is niet waar.
– Probeer iemand op wie je verliefd bent niet jaloers te maken in de hoop dat je daarmee de aandacht trekt. Daardoor denkt de ander alleen maar dat je niets in hem/haar ziet.

vieze vetvlek die op de trui van Johannus zat, leek met de minuut groter te worden.

Johannus knikte. 'Zo heb ik er nooit over nagedacht.'

De bel ging. Toekie wachtte of ze Wouters voetstappen op de trap hoorde. Maar het bleef stil.

'Er is gebeld,' zei Johannus.

Toekie stond op en liep naar de deur. Ze kwam terug met juffrouw Van der Broek achter zich aan. 'Dit is mijn oom Johannus, wiskundige!' zei Toekie. Ze legde vooral de nadruk op dat laatste.

Juffrouw Van der broek gaf Johannus een hand. 'Ilse van der Broek, wiskundige!'

Toekie zag dat ze elkaar nieuwsgierig opnamen. Juffrouw Van der Broek ging aan tafel zitten en begon een gesprek met Johannus. Al snel vlogen de wiskundige formules over de tafel, waarbij ze allebei uitbundig lachten. Toekie kon geen touw meer vastknopen aan het gesprek.

'Ik moet even iets halen,' zei ze, maar Johannus en Ilse keken nauwelijks op.

Boven aan de trap wachtte Wouter. 'En?'

Toekie knikte. 'Het klikt, geloof ik.'

Wouter wenkte. 'Laten we ze dan maar met rust laten. Intussen kunnen wij aan het onderdeel *sexy* van de wedstrijd werken. Kom gauw. Ik heb iets ontdekt op internet.'

'Surprise!'

Op een rode zitzak zat Gwen. Haar in geruite panty gestoken lange benen staken wel bijna een meter de kamer in. Toekie struikelde bijna over de zilverkleurige schoenen met plateauzolen, die Gwen laatst op de rommelmarkt had gekocht.

'Wat doe jij hier?'

'Jureren! Wouter sms'te dat we aan het laatste onderdeel van de liefdeswedstrijd beginnen. Ik heb hem op een site gewezen waarop je aan de hand van iemands naam kunt testen hoe sexy hij is. Hoe is het met de *lovebirds* beneden?'

Toekie sloeg het dekbed op Wouters bed dicht en ging zitten. 'In de ontdekkende fase, zeg maar.'

Wouter pakte een stoel met wieltjes en rolde die naar het tafeltje waarop zijn computer stond. Hij zocht de website die Gwen had genoemd (http://users.pandora.be/merelbeke/sa/nl.html).

Op het scherm verscheen een kleiner schermpje met een thermometer. Daarnaast was een vakje waarin je een naam kon tikken. Wouter tikte Richters naam in. De thermometer ging omhoog tot de vier na hoogste stand.

'Best een hoge score na Cupido, Leonardo di Caprio en *stud,*' zei Gwen. 'Nu Mees.'

De thermometer kwam niet hoger dan de zevende stand van boven. Alleen een koudbloedig dier en een skelet scoorde nog lager.

'*Ergo conclusio…*' zei Wouter.

'Wat?' zei Toekie.

'Dat is Latijn voor: Dus de conclusie is…' Hij keek Toekie afwachtend aan.

Ze zuchtte. 'Richter heeft gewonnen.'

Gwen zei: 'Mees is exit. Je moet Richter nemen.' Ze keek een moment naar Toekie. 'Je kijkt niet erg gelukkig.'

'Ik vind Mees eigenlijk ook best lief.'

'Je moet kiezen!' zei Gwen.

Toekie trok een scheve mond. 'Ja, maar…'

'Je móét kiezen! Dat was de afspraak. Richter past het beste bij je.' Wouter wees naar het scherm. 'Mees heeft net een beetje meer sexappeal dan een skelet. Wat wil je nou?'

'Tik jouw naam eens in!' zei Gwen. Ze kwam naast hem staan en keek nieuwsgierig mee.

'Een skelet!' gilden Gwen en Toekie.

'Jemig, Wouter! Erger kan het niet,' riep Gwen.

Wouter keek beteuterd. 'Daar klopt niets van. Die test deugt niet.'

Gwen sloeg haar armen om Wouters nek. 'Nee, hoor. Woutertje. Je bent juist heel sexy!'

Wat moet je doen als je liefdesverdriet hebt?

Wat je niet moet doen is:
- aan de drank gaan of opeens heel veel gaan eten
- zielig doen om zo aandacht van je ex en andere mensen te krijgen. Op een bepaald moment krijgt iedereen genoeg van je geklaag en sta je alleen
- niet meteen een ander vriendje (vriendin) nemen.

Wat je wel moet doen is:
- accepteren dat je je rot voelt en jezelf de tijd gunnen om over je verdriet heen te komen
- pas iets met een nieuw vriendje (vriendin) beginnen als je helemaal over je verdriet heen bent
- over je gevoelens praten met een vriendin of vriend
- er anders over schrijven
- snel leuke dingen gaan doen, jezelf niet afsluiten
- als je hier geen zin in hebt en liever de hele dag in je bed wilt blijven kniezen, jezelf dan toch een schop onder je kont geven.

Lukt het niet om in je eentje over je verdriet heen te komen, vraag dan aan je ouders of ze je willen helpen. Of iemand anders die je vertrouwt.

Wouter knikte. 'Vroeger was je nog eens verliefd op me, hè?'

'Ja, heel vroeger.'

'Als die test niet deugt, heeft Richter niet gewonnen,' zei Toekie.

'Probeer onze naam eens!' riep Gwen.

Volgens de numerologie van haar naam was Gwen even sexy als een ijsberg, net iets meer dan een lijk.

'Nu jij!' riep ze tegen Toekie.

Gespannen keken ze hoe ver het thermometertje op het scherm omhoog ging. Helaas was ook Toekie volgens deze test net zo sexy als een ijsberg.

'Ik zet de computer uit,' zei Wouter. 'Hier hebben we niets aan.'

'Nee,' zei Toekie. 'Die test is waardeloos.'

'Jammer!' zei Gwen. Ze stond op. 'Dan is de wedstrijd nog open. Ik moet naar huis.'

Terwijl Gwen stiekem de voordeur uitglipte, gingen Toekie en Wouter terug naar Johannus en Ilse. Ze zaten nog steeds geanimeerd met elkaar te praten.

'O, zijn jullie daar eindelijk!' zei Johannus. Hij keek op zijn horloge. 'Kunnen we nu beginnen? Zoveel tijd heb ik niet.'

Ilse keek hem verbaasd aan. 'Beginnen? Waarmee?'

'Met bijles,' antwoordde Johannus. 'Ze snapten iets niet.'

Ilse keek naar Wouter. 'Maar...'

'Er is denk ik iets fout gegaan,' zei Wouter terwijl hij ook aan tafel ging zitten. 'Ik wist namelijk niet zeker of u kon helpen en in de tussentijd heeft Toekie haar oom gevraagd. Vandaar dat jullie er nu samen zijn.'

Johannus lachte naar Ilse. 'O, nou... Ja, nou... Nou, dan weet ik het goed gemaakt: ik help Wouter en intussen helpt Ilse Toekie. Jullie hebben vast niet met dezelfde wiskundeproblemen moeite. Wat vind je ervan, Ilse? Kunnen we kijken wie van ons het beste kan uitleggen.'

'Goed idee, Johannus,' giechelde Ilse.

Toekie zag dat haar wangen gloeiden. Van opwinding over Johannus of omdat ze fijn aan een wiskundeprobleem mocht werken?

Er zat voor Toekie niets anders op dan ook aan tafel te gaan zitten. Ze moest goed opletten, want Johannus kennende bleef hij net zo lang uitleggen tot hij een ons woog. En Ilse ook.

Met de telefoon aan haar oor liep Toekie de trap op en liet zich op haar bed vallen.

'Mijn kop ontploft van al die wiskundesommen,' zei ze

tegen Gwen. 'Dit was de eerste én de laatste keer dat ik mensen aan elkaar probeer te koppelen, en helemaal als het gaat om Johannus. Laat hij zelf maar een meisje zoeken! Ik ben blij dat ik thuis ben.'

'Is het gelukt?' vroeg Gwen.

'Ze vinden elkaar geloof ik wel aardig. Maar Johannus is zo suf. Het zou me verbazen als hij een afspraakje heeft gemaakt. Ik denk dat hij niet eens weet hoe hij dat moet doen. Ik wil er niets meer van weten. Ik ben bekaf. Wouter vond het wel leuk, die wiskundesommen. Onbegrijpelijk!'

'Ik zag Mees met Angelina!' zei Gwen opeens.

Toekie dacht eerst dat ze het niet goed hoorde. 'Wattuh?' Ze ging rechtop zitten.

'Ik dacht, ik zeg het je maar: Mees zat achterop bij Angelina. Ze gingen Super de Boer binnen.'

Toekie voelde de haartjes op haar lichaam rechtop gaan staan. 'Bij Super de Boer! Wat moesten ze dáár nou?'

'Iets kopen misschien?'

'Waarom samen?'

'Ja, dat weet ik ook niet. Ik zeg alleen maar: ik zag ze. De rest moet je zelf uitzoeken.'

'Ik vermoord hem! En Angelina ook!' riep Toekie boos.

'Waren ze echt samen?'

'Ja, dat zeg ik toch?'

'Waren de geiten erbij?'

'Nee, niet gezien.'

'Als Angelina zonder haar gevolg was, was er iets bijzonders aan de hand,' zei Toekie.

'Ik snap er niets van. Ik wist niet dat ze elkaar kenden.'

'Ze zitten toch bij elkaar op school?' zei Gwen.

'Ja, nou en?'

'Je hoeft niet tegen mij te snauwen,' zei Gwen. 'Ik kan er niets aan doen.'

'Ik snap er niets van,' herhaalde Toekie. 'Denk je dat ze wat hebben samen?'

'Weet niet. Kan best.'

'Waarom zeg je dat nou!'

'Je vraagt het toch.'

'Je moet juist iets zeggen om me gerust te stellen. Als Mees iets heeft met Angelina, breng ik ze allebei om zeep.'

Gwen grinnikte. 'Kom ik je in de gevangenis opzoeken. Joh, misschien is het helemaal niet zo. Misschien kwamen ze mekaar toevallig tegen. Vraag het aan Angelina zelf. Stuur haar een mail.'

'Dat doe ik. Ik doe het meteen. Later!'

Toekie zette haar computer aan. Angelina was op msn. Zat natuurlijk weer te beppen met de geitenkolonie. Ze klikte haar naam aan.

Teckel zegt:
Hi Angelina!

Pumpkin-baby zegt:
O, hi! Ben je d'r ook?

Teckel zegt:
Heb je een nieuw vriendje?

Pumpkin-baby zegt:
Hoezo?

Teckel zegt:
Zomaar.

Pumpkin-baby zegt:
Jij? Ben je nog met Richter?

Teckel zegt:
Ja en nee.

Pumpkin-baby zegt:
Knipperlichtrelatie zeker?

Teckel zegt:
Ja, zoiets. Ken je Mees goed?

Pumpkin-baby zegt:
Ja en nee.

(Wat bedoelde Angelina daar mee? Had ze ook een
knipperlichtrelatie met Mees?)

Teckel zegt:
Wat bedoel je?

Pumpkin-baby zegt:
Ik ken hem wel, maar niet goed. Ik vind hem wel grappig. En hij is heel aardig.

(Toekie voelde haar wangen gaan gloeien.)

O ja, ik heb tegen Chantal gezegd dat ik op jongens val. Toen zei ze: ik ook.

Teckel zegt:
Dat is dan opgelost. Moet nu gaan. CU!

Ze sloot af. Beneden hoorde ze gerinkel van pannen en potten. Wat was Johannus in godsnaam aan het bereiden? Ze trok de deur van haar kamer open en liep de trap af. In de keuken stond Johannus met een rood hoofd in een kookboek te kijken. In zijn rechterhand had hij een houten spaan die hij boven een pan hield waarin een tomaatachtige substantie borrelde.
'Wat maak je?'
'Spaghetti bolognese. Hoe lang moet de spaghetti?'
Toekie gaf hem het pak dat op het aanrecht lag. 'Dat staat erop. Vier minuten koken. Zal ik het doen?'
'Graag.' Hij veegde zijn voorhoofd met de rug van zijn

hand af. 'Pfft! Geef mij maar een wiskundesom. Koken is niet bepaald mijn hobby.'

'Ik help je wel.'

Ze liet een pan met heet water vollopen en zette die op een gaspit. Intussen dacht ze na over wat Angelina had gezegd. Dat ze Mees aardig en grappig vond. Lag de concurrentie weer op de loer? Zelf wist ze nog steeds niet wie ze moest kiezen. Gek werd ze ervan! De gedachten dwarrelden maar door haar kop! Hoe zou het met haar vader en moeder gaan? Misschien waren ze intussen gescheiden. Toekie voelde een steek in haar maag. Kiezen, kiezen, kiezen, dreunde het in haar hoofd. Waarom zorgen anderen ervoor dat ik moet kiezen?

De spaghetti bolognese was gelukkig niet te vreten. Een mooie manier om af te vallen, dacht Toekie terwijl ze haar vork voor de zoveelste keer door de plakkerige slierten draaide. Ze kon het echt niet helpen dat ze haar deden denken aan bloederige wormen. Johannus vond het zelf ook niet lekker en legde na een kwartiertje proeven zijn vork met een diepe zucht neer.

'Ik ben, geloof ik, een betere wiskundige dan een kok.'

'Geeft niet, ik had toch geen honger. Jammer dat we geen hond hebben. Nu moeten we alles weggooien.'

'Heb je niet een zielige buurman die niet voor zichzelf kookt?'

Toekie schudde haar hoofd en kiepte de borden een voor een leeg in de vuilnisbak. 'Sorry!'

'We kunnen wel ergens gaan eten, als je per se wilt.'

Liefdestaart

Een echte liefdestaart maak je voor je geliefde op Valentijnsdag, zijn/haar verjaardag of zo maar, als je denkt dat het tijd is voor een oppepper. Natuurlijk krijgt de taart de vorm van een hart.

Benodigdheden:

1 pak chocoladecakemix
140 ml koud water
100 g boter
2 eieren

10 blaadjes witte gelatine
2 blikjes aardbeien
1 sinaasappel
500 g magere kwark
200 g witte basterdsuiker
1 bekertje slagroom (250 ml)

hartvormige cakevorm

Voor de versiering:
verse aardbeien
hagelslag
spuitbus slagroom

Werkwijze:

Roer de cakemix met de eieren, het water en de boter goed door elkaar.

Giet het mengsel in de ingevette cakevorm.

Laat de cake 40 minuten bakken in een voorverwarmde oven (180 °C).

Laat de cake 2-3 minuten afkoelen in de vorm.

Stort de cake op een rooster en laat de cake helemaal afkoelen onder een schone doek.

Bekleed de vorm met plastic folie en plaats de cake op de folie terug in de vorm.

Laat de gelatine in een kom met koud water ca. 4 minuten weken.

Laat de aardbeien uitlekken en pureer ze met een staafmixer tot een glad mengsel.

Pers de sinaasappel uit en verwarm het sap zachtjes in een steelpannetje.

Draai het vuur onder het sinaasappelsap uit, knijp
de gelatine goed uit en laat dit oplossen in het warme sap. Laat het mengsel even afkoelen.
Roer in een kom kwark, suiker, sinaasappelmengsel
en aardbeienpuree door elkaar. Klop in een andere
kom de slagroom stijf en schep dit door het kwark-
mengsel.
Giet het kwark-slagroommengsel voorzichtig op de
chocoladecake (in de vorm) en strijk het zo nodig
glad. Laat de taart ca. 4 uur opstijven in de koelkast.
Haal de taart met behulp van de folie heel voorzichtig uit de vorm en leg de taart op een groot bord.
Was de aardbeien en snijd ze doormidden. Leg de
aardbeien langs de rand van het hart; bestrooi het
midden met hagelslag. Spuit wat toefjes slagroom
voor de *finishing touch.* Succes!

'Nee, dank je. Ik moet nog wat voor school doen.'

De ogen van Johannus lichten op.

'Nee, geen wiskunde,' zei Toekie lachend.

Toekie ging naar haar kamer. Het werd tijd om eens wat huiswerk te doen. Het kostte haar moeite om zich te concentreren. Steeds zag ze afwisselend Richter en Mees voor zich. Of de een met het hoofd van de ander en andersom. Ze werd er hoorndol van. Ze sloot haar ogen en legde de handen op haar oren in de hoop zo die verwarrende gedachten uit haar hoofd te krijgen. Het lukte nauwelijks. In de warboel in haar hersenen hoorde ze vaag het rinkeltje van haar telefoon. Pas na een tijdje besefte ze dat hij echt overging.

'Hallo!' riep ze.

'Met Richter. Ik moet je wat zeggen.'

'Ja?'

'Kun je naar buiten komen?'

'Waar ben je dan?'

'Ik sta in jullie achtertuin.'

Toekie liep naar het raam en tuurde in het donker naar buiten. Bij het schuurtje zag ze een gedaante die zijn arm opstak en zwaaide.

'Wat doe je daar?' zei Toekie in de telefoon.

'Ik wil je iets vragen.'

'Ik kom eraan.'

Ze liep langs Johannus die nauwelijks van zijn laptop opkeek, mompelde iets over een fiets in de schuur zetten en ging door de keukendeur naar buiten.

'Wat is er zo belangrijk?' vroeg Toekie aan Richter die in het donker stond te wachten. Hij had een lekker luchtje op gedaan, al deed het haar om de een of andere reden denken aan wc-eend.

Richter deed een stap naar voren. 'Ik... eh... Ik wil je wat vragen... Is het aan met Mees?'

Toekie schudde haar hoofd.

'Maar... Ik dacht...'

'Het is met niemand aan,' zei Toekie fel.

'Zullen wij...? Wil je...?

Hij zei het met de stem van een klein jongetje dat zijn moeder smeekt of hij langer mag opblijven. Heel anders dan het stoere geluid dat hij op school produceerde.

Richter deed nóg een stapje naar voren. De wc-eend prikkelde in haar neus. Ze kneep haar ogen dicht. Opeens voelde ze Richters gezicht dicht bij dat van haar en toen zijn mond op de hare. Haar knieën voelden zo slap als yoghurt en haar huid gloeide net zoals na een zonnige dag op het strand.

Ze moest de keukendeur niet hebben horen opengaan, want ze schrok zich een aap toen Johannus riep:

'Toekie! Je moeder aan de telefoon!'

Zonder iets tegen Richter te zeggen, rende ze langs Johannus naar binnen en greep de telefoon van het tafeltje naast de bank. De stem van haar moeder klonk ver, wat klopte want Brazilië was niet naast de deur.

'Alles goed?' riep haar moeder met een stem die opgewonden vrolijkheid verraadde.

'Ja.'

'Hoe gaat het met Johannus?'

Toekie keek en zag hem door het raam van de keukendeur de tuin in turen. Waarnaar? Waar was Richter? En had Johannus gezien dat ze stonden te zoenen? Wat zou hij ervan denken?

'Toekie! Hoor je me nog? Hallo!'

'Ja.'

'Gaat het goed met Johannus, vroeg ik.'

'Ja, het gaat heel goed. Hoe gaat het met jou?' riep Toekie. 'En met papa?'

'Heel goed. We hebben een reisje langs de kust gemaakt. Zo romantisch. Papa is heel lief voor me.'

Het was alsof iemand een zware rugzak van Toekies schouders afnam. Opeens besefte ze dat haar onrust van de afgelopen tijd niet alleen kwam door Richter en Mees. Het was omdat ze bang was dat haar ouders gingen scheiden en ze een van de twee zou kwijtraken. De dubbele verliefdheid leek opeens veel minder belangrijk.

'Toek! Ben je er nog? Hallo? Ik geloof dat de lijn is verbroken,' zei ze tegen iemand bij haar in de buurt.

'Ik hoor je mam! Fijn dat jullie het leuk hebben samen. Geef papa een kus van me.'

'Doe ik, lieverd! Tot gauw!'

'Het was mijn moeder,' zei Toekie, terwijl ze naar de telefoon wees.

'Ja, dat weet ik. Ik heb zelf aangenomen.'
Toekie wachtte even of Johannus iets zou zeggen van haar en Richter, maar hij liep naar de tafel en ging weer achter zijn laptop zitten.
'Is Richter er nog?'
'Wie?'
'Richter! Die jongen die er net was.'
Johannus trok zijn mondhoeken naar beneden. 'Niemand gezien.'
Toekie wist het niet zeker, maar het leek erop of hij haar een knipoogje gaf. Gauw liep ze naar de keukendeur, deed hem open en keek de lege donkere tuin in. Richter was nergens te bekennen.

Terug in haar kamer vroeg ze zich af waar hij was gebleven. Had hij zich bedacht? Of was hij bang dat haar ouders thuis waren? Wel gek dat hij niets meer liet horen. Ze dacht aan de zoen en kreeg weer dat kriebelige gevoel in haar buik. Ja, ze vond Richter heel leuk. Alleen: waarom moest ze dan toch steeds aan Mees denken?
Pas veel later, toen ze al in bed lag, ging het piepje van haar mobiel als teken dat er een sms'je was.

CY morgen! XXX R.

Ze pakte haar dagboek onder het bed vandaan en begon te schrijven.

Lieve Philippine,
Mijn vader en moeder gaan niet scheiden! Ik weet eigenlijk niet waar-
om ik dat dacht.

Met het uiteinde van haar pen in haar mond staarde ze een tijdje voor zich uit. Dat zenuwengevoel in haar buik dat ze de afgelopen tijd steeds had gehad, was verdwenen. Kwam het omdat haar vader en moeder weer gelukkig samen waren? En Richter en Mees dan? Het maakte niet meer zoveel uit, leek het nu wel. Bovendien wist ze nu zeker wie ze koos.
Snel schreef ze:

Ik ben moe. Morgen weer verder.

Kuzzzzzzzzz. 2kie

De volgende ochtend begroette Johannus haar met de woorden: 'Fijn gedroomd?' Hij bewoog zijn neus als een konijn dat worteltjes ruikt. 'Zeg, de batterijen van mijn draadloze muis zijn op. Weet jij een winkel waar ik ze kan kopen?'
'In de supermarkt. Het is niet ver als je mijn vaders fiets neemt. Je kunt met me meerijden, want ik kom erlangs als ik naar school ga.'
Niet lang daarna gingen ze samen op weg. Johannus slingerde als een gek.
'Ik ben niet gewend te fietsen,' legde hij uit, maar dat

had Toekie inmiddels wel door.

'Kijk uit!' riep ze toen ze langs een geparkeerde auto kwamen waar Johannus bijna de spiegel vanaf reed.

Ze ging maar achter hem rijden, bang dat de sturen in elkaar zouden raken.

De brug die over de Vijverweg liep was glad, want het had geregend. Johannus dacht blijkbaar dat hij de slag te pakken had en passeerde hard trappend een andere fietser. Voorovergebogen alsof hij aan de Tour de France meedeed, zag Toekie hem wegsprinten. Maar toen hij bijna de andere fietser was gepasseerd, verloor hij blijkbaar zijn zelfvertrouwen en begon weer te slingeren. Zijn stuur raakte in dat van de andere fietser. Slingerend reden ze in de richting van de reling van de brug. Er klonk een schreeuw en opeens vloog Johannus over de rand het water van de vijver in. De andere fietser, ook

Verliefd op een leraar (lerares)

Dat is net zo iets als verliefd zijn op een popster. Het is een fantasie. Heel zelden gebeurt het dat een leraar of lerares echt een relatie met een leerling krijgt. Maar dan betreft het een leerling die volwassen is, want anders is die leraar of lerares strafbaar. Hij/zij verliest zijn baan en zal ook nooit meer in het onderwijs kunnen werken. Dus vergeet het!

een man, knalde tegen de grond waar hij stil bleef liggen. Toekie gooide haar fiets neer en rende naar de
reling. Beneden dreef Johannus met zijn gezicht naar
beneden in het water. Ze bedacht zich geen seconde,
klom op de reling en sprong in het water.

Veel herinnerde ze zich niet van wat er daarna gebeurde, alleen de paniek toen ze zijn zware lichaam met de
met water volgezogen kleren maar niet kon omdraaien,
zodat hij lucht kreeg. Ze wist nog dat ze om hulp
schreeuwde en zelf grote slokken water naar binnen
kreeg. En ook dat er opeens iemand naast haar in het
water sprong, geruststellende woorden zei en haar mee
naar de kant trok. En dat ze zich eerst wanhopig aan
Johannus bleef vastklampen, maar dat er toen allemaal
handen waren die hem van haar lostrokken. Ze herkende een stem. Pas toen ze in het natte gras op de kant lag,

wist ze weer wie het was. Ze zag de kleine sproetjes op zijn neus en die malle bril waardoor hij net een verstrooide professor leek. Het water droop uit zijn haar op haar gezicht. Het gaf niets. Het was de blik in zijn ogen waaruit opluchting en bezorgdheid sprak, de lieve woordjes die hij zei. Toen wist ze zeker dat ze goed had gekozen.

'Liefde kun je niet meten,' zei Gwen door de telefoon toen Toekie haar vertelde wat er was gebeurd. 'Ik vond van begin af dat jij en Mees het beste bij elkaar pasten.'
'Waarom zei je dat dan niet meteen?' vroeg Toekie. Ze lag op haar buik op bed. Het was de dag na het ongeluk.
'Omdat je het zelf moest uitvinden. Blijkbaar wist je het niet zeker. Nu wel. Hoe is het met Johannus?'
'Die ligt beneden op de bank en wacht op Ilse die hem zo komt bezoeken. Ze is heel erg geschrokken toen ze hoorde dat hij bijna verzopen was. Ik denk dat ze echt wat voor hem voelt.'
'Mooi! Dat wordt wel wat met die twee. Hé, ik ga binnenkort weer naar een concert van Robbie Williams!' zei Gwen. 'Dan zie ik hem voor de derde keer.'
'Drie keer!' riep Toekie. 'Zo hé! Als dat geen echte liefde is!'
Love is in the air,' antwoordde Gwen.
'Ja, iedereen voor altijd verliefd! Dat is wat ik wens,' zei Toekie.

Wouters chatwoordenlijst

Smileys
Als je de tekentjes een kwart slag naar rechts draait, zie je de gezichtjes en hun uitdrukking.

*-)	ik moet nadenken
8o|	ik heb ontblote tanden
8-)	ik draag een bril
@:-)	ik draag een tulband
{: - (	mijn toupet loopt gevaar door de harde wind
(-)	ik moet naar de kapper
(:-)	ik ben kaal
$:-)	ik heb krullen
=:-)	ik heb een hanenkam
}:-)	ik heb een toupet
r:-)	ik heb een paardenstaart
#:-)	mijn haar zit in de klit
6:-)	ik heb een kuif
{:-{)#	ik heb een toupet, een snor en een baard
%:%)%	ik heb pukkels
:- ~)	ik ben verkouden

:x)	ik heb een snotneus
:-#	ik heb een beugel
H-)	ik kijk scheel
?-(	ik heb een blauw oog
:<)	ik heb een wipneus
[:-)	ik heb een walkman op
q:-)	ik heb een petje op
:)	ik ben blind
:- [	ik ben een vampier
*8-I	ik ben een nerd
-:o	ik ben een baby
-:@	ik ben een baby met een speen in mijn mond
0:-)	ik ben een engel
C=:-)	ik ben een goede kok
:-Q	ik rook
.[:-)	ik kijk tv
*!#!&~>:- (	ik ben woedend
:-)	blij
;-)	knipoog
:- D	heel blij
:-P	steek tong uit
:,(	ik huil
:- ((	ben heel droevig
>:-<	boos
>:-<<	heel boos
:...(	huilen
:@}-,-'-	een roos

<3	hartje of liefde
(^ - ^)	grote broer of zus van smiley
,]xxx[==	zwaard
(((((naam)))))	cyberkus
:::0:::	pleister
:'-)	snikgoed of gaaf of cool of berengoed of wous (wat je maar wilt)
:'-(	snikslecht
:-@	schreeuwen
:-6	geeuwen
;-)	knipoog
(-|-)	achterwerk
(&)	hond
(@)	poes
:-*	geheim!
:*	kusje
:*)	grapje
(x)	meisje
:-[	vampier
+o(	ziek
(^)	taart
...---...	sos
(:-...	gebroken hart
1000xxs	1000 maal excuses
<0>	schreeuw
:-{}	kushandje
:-D	ha, ha, ha

Chatwoorden met letters (ook te gebruiken bij sms'en)

LOL	lots of love
LOH	lots of hair
Plzzzz	please (alsjeblieft)
L@er	later! (tot ziens)
L8	lacht
HHH	hiep hiep hoera
Suc6	succes
CU	see you (tot ziens)
112	help!
***	3 kusjes
ffw88	even wachten
thnx	thanks (bedankt)
4U2	for you too (ook voor jou)
VC	vet cool
Spr	super
BVHL	buikpijn van het lachen
Ggd	goed gedaan (zelf verzonnen door Toekie. Betekent ook: Gemeentelijke Geneeskundige Dienst)
Tdlk	toedeledokie
Wb	welcome back (welkom terug)
snik	ik ben verdrietig
ibw	ik ben weg
ibzt	ik ben zo terug
lb	lekker belangrijk
xje	ik zie je (tot ziens)

1/2u	halfuur
4@ltijd	voor altijd
ff	even
ld	lekker ding
znn	zoenen
gtvrplks	getverpielekes
htskd	hatsiekiedee
hftg	heftig
LM	lachen man
MB	megabelangrijk
TG	te gek
VCJ	vet cool joh
D blln	de ballen
Hll	hallo
Mzzl	mazzel
Ts	tot straks
Ww	wauw
Ws	waus
Ff chlln	even chillen (even relaxen)
Ff spbln	even spijbelen
Nrd	nerd
Mn	mooi niet
b@i	bye!
NVV	niet verder vertellen
ak	aardijkskunde